So ein Hundeleben - nein danke!

Ingeborg Kahler

So ein Hundeleben - nein danke!

Fabel

© Ingeborg Kahler, Lubmin, 2002
Alle Rechte vorbehalten, insbesondere das des öffentlichen Vortrags, der Übertragung durch Rundfunk und Fernsehen sowie der Übersetzung, auch einzelner Teile.
Herstellung: Books on Demand GmbH, Norderstedt
Umschlag nach Entwürfen von Doris Buckmann
ISBN 3-8311-3374-3

Liebling, sie wollen die Hunde keulen

Verflixt, ich bekam meine Augen nicht auf, die schienen mir total verklebt. Außerdem fiel ich immer wieder in schwere Träume hinein. Vergeblich versuchte ich, immer wenn ich erwachte, die Augen zu öffnen. Es ging nicht, schließlich gab ich mich einfach diesen dummen Träumen hin. Meine Hilflosigkeit wurde unterstützt durch ein mir bekanntes Geräusch. Ich muß lange geschlafen haben, die Sonne stand ziemlich hoch. Ich lauschte, da war es wieder, dieses mir so vertraute Geräusch. Natürlich, es war Wasser, die Wellen schlugen an die Bordwand des Bootes. Es war Scholles Boot oder besser, das seines alten Fischers. Jetzt, zur Zeit wußte ich wirklich nicht, wie ich hierher gekommen war.

Wie oft habe ich mit meinem Freund Scholle hier gesessen, stundenlang haben wir miteinander philosophiert.

Mein Gedächtnis tauchte langsam wieder aus der Dunkelheit auf.

Bei dem Gedanken an Scholle wurde mir ganz warm, doch so richtig konnte ich mich immer noch nicht konzentrieren, mein kleines Hundeherz war so schwer. Ich gähnte herzhaft und dann gab ich mir einen Schubs, so konnte ich hier doch wohl nicht liegenbleiben. Ein Auge ließ sich schon mal öffnen, aber nur eines, das andere wollte noch nicht. Ich wischte mit einer Pfote drüber und leckte sie ab. Klebrich, süßlich, Blutgeschmack? Wie kam ich überhaupt hierher? Ich sah über die Bordwand, das Meer, es war mir so vertraut, ich erkannte drüben die Insel. Vor der Küste kreuzte ein Segelboot, obwohl die Saison längst vorbei war, das Absegeln lag lange zurück. Ich langte noch einmal an meinen Kopf, eine sehr schöne Beule prangte über dem verletzten Auge. Das jedoch tangierte mich im Augenblick nicht, ich wußte jetzt, woher das Blut kam.

Mein Gedächtnis war wieder zurückgekehrt, ich konnte mich wieder an alles erinnern, in meinem Kopf arbeitete es.

Immer noch einmal sah ich über die Bordwand, sah auf die Brücke, an der dieses Boot befestigt war. Wie oft war ich mit Scholle darauf entlanggelaufen. Wie oft hatten wir in diesem Boot gesessen, geplant und geplaudert. Hier hatten wir auch die Strategie für Nellis Rettung festgelegt ... Gleich nachher wollte ich alles Stück für Stück und Station für Station durcharbeiten, ich mußte Ordnung in meinen Kopf hineinbringen ... Wie gesagt, später, jetzt wollte ich erstmal einen anständigen Setter aus mir machen.

Fischerboot = Rettungsboot

Ich sah noch einmal über den Bootsrand, das Wasser war so transparent, ich konnte bis auf den Grund sehen. Viele kleine Fische schwammen drin herum.

"Köder", würde Scholle sagen, "alles nur Köder." Er mußte es wissen, war mit seinem alten Fischer viele Jahre zur See gefahren. Und dann sah ich mich im Wasserspiegel, das durfte einfach nicht wahr sein, dieser verkommene und dreckige Hund sollte ich sein? Das konnte ich jetzt nicht glauben, ich fand mich völlig verwahrlost. Niemand würde behaupten, ich sei ein schönes Tier, das hatten immer alle gesagt. Ich schüttelte mich, der da unten schüttelte sich auch. Ganz klar, der da unten im Wasserspiegel war ich. Den Kopf geschwollen, zerzaustes und verklebtes Haar, ein heruntergekommener Typ da unten. Ich ähnelte einer abgemagerten und verschmutzten Hyäne, was war aus mir geworden?

Ich setzte mich auf den Steg, um nachzudenken. Ich war voll wieder da, konnte wieder richtig denken.

Ja, das war es, wir wollten unsere Artgenossen aus dem Tierheim holen. Ein Tierheim, was keines war, es war eine Versuchsanstalt. "Heim für Gutsituierte" nannten sie es.

Meine kleine Geliebte hatten sie eingefangen, die schönste Artgenossin, die ich je gesehen habe, meine Nelli.

Dafür haben wir das Wagnis auf uns genommen, hatten in langer Arbeit einen Tunnel gegraben, alles war bis dahin gut gelaufen, da vernichtete ein dummer Maulwurf alles, er lief in seiner Blindheit unserem Freund Marcus zwischen die Beine. Alles war umsonst, der Tunnel brach ein, und das Feuer auf uns wurde eröffnet. Au, mein Kopf tat noch immer ein bißchen weh, war doch wohl noch nicht so in Ordnung.

Gleichmäßig plätscherten die Wellen an die Bordwand, es wirkte gut und beruhigend auf mich. Ich wollte endlich wieder alles auf die Reihe kriegen und sprang einfach ins kalte Wasser.

Später würde ich mich dann wieder ins Boot legen und nachdenken.

Hups, nahm ich die zwei Stufen zur Brücke hoch, wieder oben schüttelte ich mich kräftig und dann besah ich mir noch einmal mein Spiegelbild. Doch - , ja, ganz passabel, ich konnte mich wieder sehen lassen. Noch ein bißchen lädiert, vielleicht ein bißchen, als hätte ich gerade einen Boxkampf hinter mir, aber das alles war vergänglich, das ging vorbei, ich war jung. Zufrieden legte ich mich wieder ins Boot. Eine leichte Brise zog über das Boot hinweg. Ich lag auf den Planken, die Spätherbstsonne wärmte mich und schon kam sie wieder, die bleierne Müdigkeit.

"Dann eben später", dachte ich, "ist alles nicht so wichtig."

"Morgen."

Ich muß lange geschlafen haben, im Westen senkte sich bereits die Sonne tief in's Meer. - Er hatte mich lange beobachtet, sein Gesicht war direkt vor mir, als ich aufwachte. Mir war zuvor nie aufgefallen, daß sein Bart so grau war. Die Augen waren, wie ich sie kannte, gutmütig, ein fast zärtlicher Blick, mit dem er mich ansah, ja, er war mein Freund, der Scholle. Ich sah Tränen in seinem Blick. Ich möchte allen Forschern, Biologen oder auch Tierliebhabern sagen: "Hunde weinen ehrlicher als viele andere Lebewesen."

"Scholle", schrie ich. Und nochmals: "Scholle." Und dann legte der liebe alte Fischerhund einfach seinen Kopf an den meinen ...

Wir lagen lange ganz still einfach so da, eine alte Freundschaft, eine innige Freundschaft durfte fortgesetzt werden. Ich wollte manchmal zum Gespräch ansetzen, aber er hielt mir eine Pfote über die Schnauze und verhinderte es. Er wollte noch nichts hören. Später sagte er mir, er fühle sich an allem schuldig.

"Wir haben Zeit, Boris, viel Zeit", meinte er, bevor wir dicht nebeneinander einschliefen. Ich schlief tief und traumlos dem nächsten Tag und meiner Gesundheit entgegen, und ich denke, daß auch mein Freund gut geschlafen hat ...

Am Morgen sprang ich nochmals in's Wasser, ich brauchte es, meinem Fell tat es gut und meiner Seele nicht minder. Scholle war nicht da, ich machte mir da keine großen Gedanken, er würde schon kommen. Ich denke, er wollte dem Baden entgehen wegen seines Rheumas, das gab er natürlich nicht zu.

Nach dem Bad sah ich nochmals in den Wasserspiegel, und ich muß sagen, ich war mit mir zufrieden.

"Hallo, na, du bist schon wieder ganz schön eitel." Scholle kam humpelnd den Weg entlang. Die Nacht hier draußen hatte ihm sicher nicht gutgetan.

Er legte mir zwei dicke Bückel vor die Pfoten, weiß der Hundegott, wo er sich die übereignet hatte ... Wir setzten uns ins Boot und genossen das gute Frühstück schweigend, jeder gab sich seinen Gedanken hin. Auch danach sprach Scholle noch lange nicht. Nachdem der alte Fischer gestorben war, war Scholle sowieso sehr schweigsam geworden. Er hatte sein ganzes Hundeleben zusammen mit dem Alten verbracht und dann war der Alte gestorben und Scholle hatte er allein zurückgelassen. Gemeinsam hatten sie im Boot gesessen, oft stundenlang, und hatten auf einen guten Fang gewartet. Manchmal reichte es gerade zum Sattwerden. Es hatte auch gute Tage gegeben, bei gutem Fang räucherte der Alte und das schmeckte dann besonders gut. Noch bewohnte Scholle die kleine Bretterbude am Wasser, doch es war ganz klar, da würde man ihn eines Tages hinausbefördern. – Letztendlich tat der Hund den Fischern leid, sie wußten schon, welchen Verlust Scholle erlitten hatte. Auch wollte keiner dem anderen zeigen, daß er pietätlos sei. Allerdings lange würde es nicht mehr gehen, wer konnte es sich schon leisten, auf sein Recht wegen eines armen Rheuma-geplagten Hundes zu verzichten ... Diese Anrechte auf die Hütte hatte auch wieder ein bejahrter Fischer.

"Er wird dich übernehmen", unterbrach ich die Stille zwischen uns beiden. "Bestimmt darfst du bei ihm bleiben."

"Du kannst wohl Gedanken erraten? Ich weiß nicht, Boris, wer nimmt heute schon einen so alten Veteran?"

Wir verfielen wieder in Schweigen, jeder hing seinen eigenen Gedanken nach. Die Wellen klatschten an den Bug des Schiffes. Zweimal hatte ich bereits zum Reden angesetzt und hatte es immer wieder gelassen. Ich sah, wie es hinter der Stirn meines Freundes arbeitete ...

"Nelli ist tot", sagte ich endlich und sah Scholle von der Seite an.

"Ich weiß", meinte er nach kurzem Schweigen.

"Ein Maulwurf hat alles kaputtgemacht, hat unsern ganzen Plan zerstört. Wir waren so gut wie durch, waren nur noch Zentimeter vor dem Durchbruch, da lief so ein blöder Maulwurf dem Marcus zwischen die Beine, und der sprang zur Seite und stieß mit dem Hinterteil gegen die Wand. Das krachte, sag ich dir, und rummelte durch den Tunnel wie ein schweres Gewitter. Wir haben gerettet, was zu retten war."

"Ich weiß, Boris, euch trifft keine Schuld, es sollte nicht sein. Ich war ganz dicht bei euch, hab sozusagen alles miterlebt, aber ich konnte euch nicht helfen. Ich hab's gesehen, wie ihr euch mit Nelli abgeschleppt habt, alles umsonst, war nicht vorauszusehen ... Andererseits, Nelli hätte, glaube ich, sowieso nicht überlebt, sie haben sie fertig gemacht, armes Ding, das."

"Ein böser Traum", murmelte ich.

"Kein böser Traum, Boris, nackte kalte Wirklichkeit."

Ich ließ mir noch einmal alles durch den Kopf gehen, es waren die schrecklichsten Stunden in meinem bis dahin doch recht kurzen Leben. "Weißt, Scholle", sagte ich ihm, "ich denke, wir hätten es doch geschafft mit Nelli, sie war doch nur noch ein Leichtgewicht, also ich meine, gewichtsmäßig, aber dann? Ach, ich weiß auch nicht. Sie hat mich nach angefeuert, ich solle laufen, hat sie gesagt. Ich hatte mich auf sie geschmissen, wollte sie vor den Kugeln der Gangster beschützen, da flüsterte sie: 'Lauf, Boris, lauf'. Ich verstand immer noch nicht, daß alles aus war, da bekam ich den Treffer. Als ich erwachte, war Nelli tot. Zuerst konnte ich mich gar nicht orientieren, ich fiel immer wieder zurück in den Schlaf oder in die Ohnmacht, ach, ich weiß es nicht so genau. Ich hatte Schmerzen im Kopf und eigentlich am ganzen Körper. Als ich mich auf die Seite legte, wabbelte alles unter mir und dann sah ich all die verendeten Körper. Tote Artgenossen, erschossen und erschlagen. Kollegen, die eine kurze Zeit von Freiheit geträumt hatten. Hier hatte man eine Kuhle gegraben und uns alle hineingeschmissen. Da ich ohnmächtig war, kam ich in dieses Massengrab mit hinein. Es schauderte mich, ich lag mitten zwischen meinen Freunden als einzig Lebender. Ein Loch, oberhalb dieser Mördergruft befand sich ein großes Loch, es gab den Blick zum Himmel frei, und an ersten schwachen Sonnenstrahlen erkannte ich, daß es noch sehr früh am Morgen war. Ich mußte eine ganze Nacht mit meinen toten Artgenossen hier gelegen haben. Oben bewegte sich was, über der Kuhle war ein Kopf erschienen, Scholle, so was von bösen Augen hast du noch nicht gesehen; für mich die Augen eines Massenmörders ..." Scholle antwortete nicht, er saß ganz still und hörte mir zu. Ich verhielt auch einen Moment und grübelte. Ich mußte mich zwingen, weiter zu sprechen.

"Infernalisch paßte ich auf, daß der da oben es nicht bemerkte, alle hatten sie nicht getötet. Dieser Mensch da oben am Rande der Gruft meine hämisch lachend zu einem, der weiter hinter ihm stand, ich konnte ihn nicht sehen: 'Sind alle hin, machen wir ein Krematorium draus oder buddeln wir sie einfach zu?'

Mir lief es eiskalt über den Rücken. 'Boris', sagte ich mir, 'Boris, wenn du überleben willst, verschwinde, sieh, wie du hier herauskommst.' Gut gesagt, aber wie? Da oben die bösen Augen, daran vorbei war unmöglich.

Nun kam der zweite Mann in's Spiel. Neugierig schaute er über den Rand der Gruft: 'Wir hauen einfach ein paar Schaufeln Erde drüber, die Köter sind eh alle hin. Reisig drüber und kein Mensch merkt was, schließlich muß der Laden hier weiter laufen. Wenn einer fragt, die sind einfach weggerannt', meinte er. Ein Typ, sag ich dir, Scholle, Unterweltler, so was läßt man auf uns los." Scholle saß unbeweglich da. "He, Scholle", schrie ich, "schläfst du?"

"Hm." Er schüttelte den Kopf. "Ich höre dir zu, Boris."

Ich streckte mich, es tat weh, es würde schon noch eine Weile brauchen, bis ich das alles verkraftet hatte.

Ich ließ noch einmal alles Revue passieren, bis ich meinen Bericht fortsetzte.

"Ja, Scholle, plötzlich verschwanden beide, ihre Schritte verhallten. 'Boris', sagte ich mir, 'das hier ist deine letzte Chance, du mußt hier raus auf Biegen und Brechen.' Eine unangenehme Situation. Wußte ich doch nicht, inwieweit dieses Erdloch bewacht wurde und immer noch unter mir meine toten Freunde. So hab´ ich Nelli nicht haben wollen. Ich nahm noch einmal Abschied von ihr, indem ich sie streichelte und dann begann mein Aufstieg. Mir war verdammt schlecht, Scholle, aber wenn ich nicht an dieser Beerdigung teilhaben wollte, mußte ich mich beeilen. Zuerst wußte ich nicht, wie ich da hochkommen sollte, die Wand schien mir fast unüberwindlich. 'Boris', sagte ich mir, 'Boris, wie oft bist du über Zäune gesprungen, Mann, Kerl, nimm dich zusammen.' Es war mühsam, ich rutschte immer wieder ab, aber ich schaffte es dann endlich. Mein Hundegott, ich glaubte fest an ihn und auch an einen Engel, der mir immer wieder zur Seite stand, hatte mir wieder einmal geholfen. Alle Spezies waren tot, nur ich nicht. Als ich oben war, überkam mich Panik, die Häscher waren nicht zu sehen. Noch konnte ich nicht fassen, daß ich lebte, vorsichtshalber biß ich mir in's Bein, und es tat weh. Kein Traum, ich lebte wirklich. Nun war echt

Eile angesagt, jeden Moment konnten die beiden Kerle zurück-kommen. Noch einmal sah ich zurück in die Kuhle. Nelli sah mich mit großen Augen an, sie spürte nichts mehr, arme Nelli." Ich kam wieder in's Grübeln, alles das tat mir so schrecklich leid. Ich bemerkte nicht, daß Scholle mich ansah. Es dauerte lange, bis er mich endlich aufforderte, weiterzusprechen. Es ist nicht so einfach, wenn man einen dicken Kloß im Halse hat.

Doch dann begann ich leise und wie von weither, weiterzu-sprechen. "Sie war mal eine kleine Schönheit, Scholle, ich habe sie so gern gehabt, meine kleine Nelli, jetzt war sie so ausgemer-gelt, in ihren Augen stand so viel Leid, was mußten sie sie ge-quält haben."

"Ich weiß, Boris", sagte Scholle. "Ich habe sie gesehen, als ihr sie rausbrachtet, ich war ganz in der Nähe. Sprich weiter, Boris, wir müssen alles gemeinsam verarbeiten."

Ich wischte mir über meine Schnauze, mein Kopf dröhnte und von meiner Schnauze lief Blut herunter.

"Ja, Scholle, ich mußte mich ein wenig verträdelt haben, der eine von den beiden Totengräbern kam mit einer Schaufel an-gerast, ich nahm mein Herz und meine letzte Kraft zusammen und lief, was das Zeug hielt. Von der Seite her sah ich noch, wie er schon den Spaten hob, seinen dicken Bauch und nichts als Fett sah ich. Damit konnte er ein Rennen gegen mich nicht ge-winnen. Der wollte mich erschlagen, Scholle, einfach so. Für den bin ich nur ein Köter. Weit hinter mir hörte ich seine Flü-che, doch bald blieb er zurück. Als ich feststellte, daß die Luft rein war, schaltete ich einen ruhigeren Gang ein. Es dauerte nicht lange, dann stolperte ich nur noch, meine Beine wollten mich nicht mehr tragen. Unter einer Tanne befand sich ein Gra-ben, da hinein warf ich mich, ich fühlte mich sicher im Schutz des Waldes. Ich muß sehr schnell eingeschlafen sein. Wo warst du denn eigentlich, Scholle? Du sagst, du hast uns gesehen."

"Ich mußte weg, das Pflaster wurde zu heiß, und Boris, ich hatte nicht gedacht, daß du das überlebt hast, mein Freund. Ich bin so froh darüber, das darf ich dir sagen."

"Und ich bin froh, Scholle, daß es dich gibt.".

"Gut, Boris, sprich weiter."

Scholle machte es immer wieder verlegen, wenn man ihn lobte oder wenn man ihm Anerkennung zollte, deshalb drängte er auf weitere Schilderung.

"Na denn", meinte ich, "denn woll'n wir mal. Ich hatte keinen ruhigen Schlaf und auch keinen erholsamen, wilde Träume begleiteten mich, ich war immer auf der Flucht, immer am Laufen und mit mir Nelli. Ein Artgenosse verfolgte uns, häßlich wie die Nacht war der, bei dessen Anblick konnte einem das kalte Grauen kommen. Ich sehe ihn noch jetzt vor mir, sein Aussehen würde ich als 'extraordinär' bezeichnen. In meinem Leben habe ich zuvor nur einen dieser Klasse gesehen, und das war Örnibert."

"Tja", meinte Scholle nach kurzem Überlegen, "der hatte bei dieser Aktion wohl die Hand im Spiel."

"Hab ich es mir doch gedacht. Scholle, ich habe dich immer vor ihm gewarnt."

"Komm, laß das Boris, wir wollen hier nicht den Schuldigen suchen, Fehler haben wir alle gemacht."

"Hast schon recht, mein Freund, was soll's. Als ich aufwachte, brannte mein Magen vor Hunger, Durst hatte ich auch. Mir taten auch alle Knochen weh. Nachts draußen ist es schon verdammt kalt."

"Wem sagst du das, Boris, trotzdem, ist alles Gewohnheit."

"Als ich meine Schnauze ein wenig in die Luft steckte, so zum Schnüffeln, bemerkte ich den wundervollen Duft von Meerwasser. Ich hätte heulen können vor Freude, besann mich jedoch im letzten Moment, wie leicht hätte man mich aufspüren können. Weit weg von mir hörte ich Stimmen. Meine Häscher?

Wildschweine? Ich legte meinen Kopf auf den Waldboden, sie kamen ziemlich schnell näher, der Waldboden dröhnte dumpf. Wieder einmal hieß es Reißaus nehmen. Scholle, hörst du mir überhaupt noch zu? Soll ich nicht so weit ausholen?"

"Doch, doch Boris, mach nur so weiter, wir haben Zeit."

"Ich rannte, was meine lädierten Beine hergaben, ziellos, einfach so. Ich brauchte dieses Tempo nicht lange durchhalten, sie bogen in ungeheurem Tempo um die Ecke. Mein Magen wollte explodieren, tausend, was sag ich, abertausend Glücksperlen tummelten sich darin herum. Drei Sulkys kamen näher, die Pferde dampften nur so. Ich stand wie angenagelt und ließ sie an mir vorbeirennen, sie waren wunderschön, Scholle. Von da an wußte ich wieder hundertprozentig, ich lebte, es war alles kein Traum. Längst waren die Pferde mit ihren Sulkys vorüber, da stand ich immer noch selbstvergessen und war einfach nur glücklich. In der Ferne verhallte das Getrabbel meiner Freunde, und dann setzte ich mich endlich auch wieder in Gang, mein Kopf war wieder frei. Ich lief dem vertrauten Geruch des Wassers nach. Als ich durch die Heide kam, fand ich im Papierkorb eine Scheibe Brot mit Leberwurst. So gerne kann ich Leberwurst nicht vertragen, aber was tut man nicht alles, wenn man Hunger hat, und den hatte ich reichlich. Danach kam wieder diese wahnsinnige Müdigkeit, ich schlurfte wie ein alter Kerl. Ich habe mich einfach in die Heide geschmissen, und sie erschien mir so warm, ich fühlte mich wie zu Babyzeiten am Bauch meiner Mama. Die Sonne stand im Zenit, letzte Herbstsonnenstrahlen wärmten mich. Ich lag eingekuschelt in Heide, übrigens die schönste, die es auf der Welt gibt, in Sonnenschein und Geborgenheit und war nur noch müde ... Ich schlief traumlos."

Scholle lächelte. "Du hast eine Ausdrucksweise, Boris, ich höre dir gerne zu. Also, du hast dich mal richtig ausgeschlafen?"

"Hm, hab ich. Ich habe, glaube ich, die ganze Nacht durchgeschlafen, trotz meines Hungers, dann lief ich zuerst zum Strand. Du kannst dir das Glücksgefühl ganz einfach nicht vorstellen, ich freute mich einfach auf den Tag."

"Doch, Boris, kann ich. Wennschon, du bist und bleibst ein Träumer."

Ich legte ihm einfach meinen Kopf quer übers Gesicht, genau wie ich es immer mit Tina und Juppi getan hatte.

"Du bist so weich, dein Fell ist wie Seide, Boris, du bist etwas ganz Besonderes", flüsterte Scholle fast unhörbar.

Wir saßen lange so, keiner sprach, jeder hing seinen Gedanken nach. Es war so viel zu sortieren, immer wieder fragte ich mich, warum das alles? Warum mußte Nelli sterben?

"Gut ausgeschlafen lief ich hier herunter ans Wasser", berichtete ich weiter, "da sah ich das Boot, ich legte mich einfach hinein und wartete auf dich, Scholle. Ich wußte, du würdest kommen. Wieder war ich so weggedämmert und nun bist du da, Scholle, und ich freue mich, freue mich so sehr, ich kann es dir nicht besser sagen."

Nach diesem Bericht liefen wir beide am Strand entlang, genau wie immer, vor diesen ganzen Ereignissen.

Ich genoß einfach so meine Heimat. Meine Heimat? War ich wirklich schon so weit, hatte ich meinen wunderbaren Hof in Holstein schon vergessen? Die Pferde, den schönen warmen Stallgeruch? Nein, hatte ich nicht, auch meine Mama und meine Geschwister hatte ich nicht vergessen, wie konnte ich auch? Doch jetzt lebte ich hier, hier an der Ostsee. Und es ist schön hier, man kann doch zwei Heimaten haben.

"Scholle", meinte ich endlich, "willst du nicht auch endlich mal auspacken, was ist alles passiert, was ich noch nicht wissen kann? Ist Marcus mit heiler Haut davongekommen? Ist außer Marcus und mir noch einer von uns dabeigewesen?"

"Mach dir keine Sorgen, Boris. Unser Strahlemann ist gut davongekommen, keine Schramme hat er abbekommen, Mann."

"Der kleine Terrier, was ist mit dem? Der lief an uns vorbei, als wir Nelli rausbrachten."

"Hat es nicht überlebt, ist gleich im Kugelhagel umgekommen. Laß es gut sein jetzt, Boris, geh jetzt heim zu deinen Leuten, die machen sich große Sorgen um dich, Mann. Überall an Schulen, Omnibushaltestellen und Bäumen haben sie Suchzettel angebracht mit deinem Konterfei. Eine hohe Belohnung haben sie für dich ausgesetzt, sie wollen dich um jeden Preis wiederhaben. Durch viele Medien, Zeitungen, Rundfunk und Fernsehen ist diese Suchaktion gegangen. Ich habe sie beide gesehen, sie schienen mir unendlich traurig, immer wieder laufen sie durch den Wald und suchen dich, sie befragen Gott und die Welt. Obwohl sie glauben, ich verstehe sie nicht, haben sie mich gefragt, wo du sein könntest. Sie haben mich gestreichelt und haben mich deinen Freund genannt. Wie sollte ich ihnen antworten? Ich habe mich einfach fest an deinen Herrn gelegt, in seinen Augen standen Tränen. Echt, sie taten mir leid, Mann, da kommen einem fast selbst die Tränen. Sind gute Menschen, deine beiden, Boris."

"Ob Juppi und Tina wissen, was da im Walde geschah?", fragte ich Scholle.

"Du siehst mich so erwartungsvoll an, Boris, ich kann es dir nicht sagen. Ich denke eher, nein, so was halten diese Strolche doch geheim, wäre doch ein schlechtes Image für so ein Heim, wer bringt denn dann noch sein Tier dorthin? Egal jetzt, Boris, gewesen ist gewesen, das alles wäscht uns keine Katze mehr ab, das Leben geht weiter, du mußt jetzt zu deinen Leuten, beenden wir das böse Spiel."

Wir waren bereits an der Fischerhütte angelangt, als Scholle mit einem Anliegen herausplatzte, auf die Idee wäre ich gar nicht gekommen.

"Weißt' Boris, ich habe mir da gerade etwas überlegt, ich komme einfach mit. Allerdings nur, wenn du es willst. Ich denke, wenn ich dich bei den beiden abliefere, habe ich etwas gut und das kann nie schaden. Außerdem, bei dieser Feier wäre ich doch gerne dabei. Was meinst du dazu?"

"Nicht schlecht, klar doch, natürlich bin ich einverstanden. Was die wohl sagen? Vielleicht schimpfen sie mich aus, sie können ja nicht wissen, wo ich war, sie werden es wahrscheinlich auch nie erfahren. Wenn sie mir nun Hausarrest verpassen, Scholle, oder vielleicht darf ich nur noch an der Leine laufen. Oh, mein lieber Gott, wenn ich das doch nur erst überstanden hätte. Wie sehe ich aus, geht's einigermaßen?"

"Mein Gott, Boris, sei nicht immer so eitel. Klar ist das linke Auge noch etwas dick. Ist doch egal, wo auch immer du gewesen bist, bürsten konntest du dich unterwegs wohl kaum, finde ich auch gar nicht so wichtig."

Ich mußte ihn wohl forschend angesehen haben, jedenfalls legte er sofort los. "Sag jetzt nichts, Boris, halte die Schnauze, ich bin schließlich ein Leben lang auf einem alten Dampfer gewesen, dachtest du, der Fischer hätte da das Bürsten angefangen? Nun ist es auch nicht mehr mein Ding, ich kann gut damit leben. Komm jetzt."

Wir schlichen uns langsam ran und setzten uns vor's Küchenfenster. Tina schälte Kartoffeln. Es roch köstlich nach Gebratenem. Mein Magen krümmte sich vor Hunger und von Scholles Lefzen tropfte der Speichel. War schon lange her, wo wir die beiden Bückel verzehrt hatten.

Tina sah von ihrer Arbeit auf und zum Fenster hinaus. Und dann geschah es, damit hatten wir nicht gerechnet, vor Schreck schnitt sie sich in die Hand, das Blut spritzte bis ans Fenster, und sie schrie, als stecke sie am Spieß. Juppi kam gerannt, sah das Blut und griff nach einem Handtuch. Tina schrie noch immer. Mit der unverletzten Hand zeigte sie zum Fenster und dann drehte Juppi sich um. Er ließ Tinas Hand los und stand einfach so da wie eine Statue, als hätte er keinen Tropfen Blut in den Adern. Ich muß schon sagen, ich dachte, ihn hätte der Schlag getroffen. Augenscheinlich dachte er überhaupt nicht mehr an Tinas verletzte Hand, er kam herausgerannt, riß mich in seine Arme und stotterte dummes Zeug. Fast hätte er mir den Hals zugedreht, ich mußte würgen und dann ließ er mich endlich los. Tina stand neben uns, das Blut tropfte von ihrer Hand, für Juppi war sie offensichtlich gar nicht mehr da. Doch endlich begriff auch sie, daß wir keine Geister waren, sie strich mir immer wieder über den Kopf und dann wischte sie sich die Tränen ab, die wie ein Bächlein über ihre Wangen liefen.

Scholle hatte die ganze Zeit im Hintergrund gestanden und sich dieses Wiedersehen mit angeguckt. Er wollte sich gerade heimlich davonmachen, aber Juppi holte ihn zurück.

Scholle wurde über alle Maßen gelobt, schließlich hatte er mich zurückgebracht. Wir bekamen ein fürstliches Freßchen vorgesetzt, und ich habe so viel gefuttert, bis es mir schlecht wurde und ich alles wieder erbrach. Die Reaktion von Juppi fand ich gar nicht gut, er meinte, er müsse am nächsten Tag sofort mit mir zum Arzt. Da hatte ich den Salat, es ging schon wieder los.

Ich war einfach wütend, hatte ich nicht schon genug gelitten? Nun sollte ich schon wieder zu dem lieben Onkel Doktor, wie Juppi immer zu sagen pflegte ... Scholle verfolgte alles neugierig, er spitzte immer wieder seine Ohren.

"Alles okay, Scholle?" Juppi beugte sich über Scholle und streichelte ihn. Ich stellte wieder einmal fest, ich hatte ein liebes Herrchen.

Scholle zog nacheinander beide Augenbrauen hoch und saß mißtrauisch auf Juppi. Bei Scholle war Vorsicht geboten, wenn Menschen nett zu ihm waren. Zu dem alten Fischer, ja, da hatte er Vertrauen gehabt, aber sonst war er oft genug getreten worden. Oft wurde er als herumstreunender Köter bezeichnet, vielleicht weil er nicht so gepflegt war, er war eben ein armer Hund und gerade jetzt, wo sein alter Fischer gestorben war und er keinen Schutz mehr hatte, mußte er sich allein durchbeißen, und das wollte er auch, ihn sollte niemand mehr treten, das hatte er sich fest vorgenommen. "Ich denke", rief Tina von der Terrassentür her, "wir behalten Scholle heute nacht hier, er hat es sich verdient, er hat unseren Boris zurückgebracht und damit hat er sich Belohnung verdient, er soll es auch mal gut haben."

"Wenn du meinst, Tina", antwortete Juppi etwas zögernd.

"Doch ja, er braucht auch mal etwas Nestwärme."

Ich sah, wie Scholle sich fest an Juppis Oberschenkel lehnte, was bedeutete, daß er dankbar das Angebot annahm. Das war mir nicht so ganz geheuer, Scholle unter einem festen Dach, was bedeutete, daß er sich unterwerfen mußte, er mußte zu ordentlichen Bedingungen fressen, nicht einfach alles vorbeisabbern, über den Rand des Tellers und so. Ich wußte nicht so recht, ob er das konnte. Er würde allerhand über sich ergehen lassen müssen ... Ich wußte es, und ich kannte Tina, die jagte jedem Staubkörnchen nach. Sobald sich die Tür hinter uns schloß, ging es auch schon los. Ich hörte, wie Tina Wasser in die Badewanne laufen ließ. Natürlich konnte Scholle noch nicht wissen, was ihm bevorstand ...

Juppi kam zuerst zu mir, um mich in die Wanne zu setzen. Wuff, war das gut, ich fühlte mich so wohl in dem warmen Wasser, von frühester Jugend an war ich daran gewöhnt. Tina seifte mich ein, striegelte dann liebevoll meinen Körper und duschte mich anschließend ab. Juppi stand schon mit einem angewärmten Badetuch bereit und rubbelte mich. Ich genoß es so sehr, es tat mir einfach gut ... Anschließend bürstete er mein Fell. Scholle schaute interessiert zu. Tina und Juppi sagen immer, sie fühlen sich wie neu geboren nach einem schönen Bad, und ich finde, sie haben recht. Ich legte mich vor den Kamin und genoß

20

auch hier wieder diese Wärme, ich liebte es, so verwöhnt zu werden. Scholle lag noch immer unter dem Tisch und beobachtete. Das ganze Dilemma der letzten Tage war sicher erforderlich, um mir zu zeigen, wie gut ich es doch hatte, und dafür, daß es mir so gut ging, war ich meinem Herrchen und meinem Frauchen sehr dankbar. Deshalb war ich noch lange kein Weichei. Wie oft schon hatte ich bewiesen, daß ich durchaus ein Typ war, der mit vier Beinen auf der Erde stand. Ich lag nun vor dem Kamin in der mir so klassischen Haltung, den Kopf auf den ausgestreckten Vorderbeinen, und wartete gespannt auf die Dinge, die da kommen sollten. Nach dem Bad war ich natürlich hundemüde, doch ich durfte nicht einschlafen, ich hielt meine Augen offen. Ich sah von Juppi zu Scholle und wieder zurück, immer von einem zum anderen, ich mußte wissen, was mit Scholle passiert, wie er reagierte, denn daran gab es keinen Zweifel, er kam auch dran.

Scholle war ein Wildhund geworden, nach dem Tod seines Fischers immer alleine, hatte keine Angehörigen. Er mußte sich sein Fressen allein besorgen, mußte sich hart durchbeißen. Ich brauchte mich nur an meinen Futternapf setzen. Bis dahin konnte er wenigstens noch in der alten Hütte am Strand übernachten, aber wer wußte schon, wie lange noch. Ich denke, er hatte allerhand Einwohner, als da sind Zecken und Flöhe und ich weiß nicht was. Naja, Flöhe, glaube ich, sind ausgestorben, ich hatte noch nie einen. Dagegen Zecken, die bringe ich oft mit heim. Zuerst, als ich noch ein Baby war, lief Juppi sogar wegen so einer Zecke mit mir zum Doktor. Schöne Blamage war das.

Jetzt war Scholle dran, nach Juppis Zuruf kam er zögernd unter dem Tisch hervor. Juppi nahm ihn auf den Arm. Es war ganz einfach, Scholle ließ alles zu. Mit meinem Freund auf dem Arm verschwand Juppi im Bad, die Tür ließ er auf. Von meinem Platz aus konnte ich nicht einsehen, deshalb stand ich auf, um meine Neugier zu befriedigen. Juppi wollte Scholle in die Wanne setzen, doch der stemmte alle viere von sich, er zappelte wie ein Fisch auf dem Trockenen. Juppi konnte ihn nicht mehr halten, und Scholle plumpste in die Wanne. Das Wasser spritzte hochauf ... Ich konnte es nicht so genau sehen, das ging alles so schnell, und Juppi stand davor, damit versperrte er mir die Sicht. Jedenfalls sprang Scholle aus dem Wasser und flitzte an mir vorbei. Das Wasser flog mir nur so um die Ohren. Scholle verschwand im Schlafzimmer und nahm da in den Betten, genau auf der Besuchsritze, Platz. Seine Pfotenabdrücke hinterließ er auf dem Weg dorthin und auch auf den frischbezogenen Betten, er versaute die ganze Wohnung, ich hätte dran denken müssen, daß Scholle kein Stubenhund war und machte mir nun ein schlechtes Gewissen. Scholle schüttelte sich immer wieder, das Wasser flog bis an den großen Spiegel, und Juppi um die Ohren. Er sah Juppi herausfordernd an. Ich fand, Scholle machte alles falsch, so versaute er alles. Juppi versuchte es immer wieder im Guten. Vergeblich, immer wenn er einen Schritt nach vorne machte und begütigend auf Scholle einsprach, knurrte dieser böse, er zeigte sogar die Zähne. Tina stand in der Tür und gab Anweisungen. Sie hielt einen Kauknochen in der Hand und versuchte ihrerseits, meinen Freund zu kaschen, doch auch die knurrte er an. Eine überaus spannende Situation. Neugierig sah ich auf das Geschehen im Schlafzimmer. An Scholle entdeckte ich eine ganz andere Seite, er ließ sich durch nichts beeindrukken. Tina hatte schon allerhand herbeigetragen, Knochen, Stofftiere, Stöckchen, alles schöne Sachen, die unsereins sonst doch so liebt, doch Scholle war mit nichts zu beeindrucken, er saß in den Betten und ließ niemanden an sich ran. Stunde um Stunde verging, meine beiden waren schon so müde, Tina hatte Mühe, die Augen offen zu halten, und sie konnten nicht in ihre Betten. Schließlich legten sie sich im Gästezimmer schlafen. Die Tür zum Schlafzimmer hatten sie vorsorglich zugemacht, Scholle konnte nicht raus.

Ich verbrachte die Nacht am warmen Kamin, ich ging nicht in meinen Korb. Später, als ich mal mit Scholle über all das hier sprach, sagte er mir, daß er alles ganz anders gesehen hätte als ich, er wollte ein freier Hund bleiben, wollte sich nicht von irgendwelchen Menschen tyrannisieren und vielleicht gar noch zu einem Arzt schleppen lassen. Mit dem Arzt, das verstand ich schon, aber alles andere war Quatsch, wenn man es doch besser haben konnte.

Scholle hatte jetzt also beide Betten für sich.

Tina meinte: "Wenn der da raus ist, können wir den Kammerjäger bestellen und anschließend das ganze Haus renovieren."

"Du warst es doch, die ihn hier behalten wollte", antwortete Juppi.

"Natürlich wollte ich ihn hier behalten, aber doch nicht so, der liegt in unseren Betten, und wir können sehen, wo wir bleiben, was denkst du, was ich für Rückenschmerzen habe!"

"Rückenschmerzen", meinte Juppi verächtlich, "die können wir uns jetzt nicht leisten, sieh man lieber, wie du diese Bestie da aus unserem Schlafzimmer kriegst."

"Worauf du dich verlassen kannst", antwortete Tina giftig.

Die beiden sprachen in den nächsten Stunden kein Wort miteinander, also hatte Scholle den Hausfrieden total gestört ...

Juppi öffnete wieder einmal vorsichtig die Schlafzimmertür, Scholle saß mitten zwischen den total verdreckten Ehebetten und fletschte die Zähne.

"Warte", meinte Juppi wütend, "dich krieg ich schon, irgendwann bekommst du Hunger. Mit mir machst du so was nicht, nicht mit mir." Damit knallte er die Tür ran, sie fiel effektvoll ins Schloß. "Kannst ihm ja mal ein Steak braten", meinte Tina mit gehässigem Unterton.

"Hm, könnte man machen, aber ich will es nicht, wäre doch gelacht, wenn wir dieses Tier nicht überlisten können."

Da war ich allerdings ganz anderer Meinung, nicht Scholle, den überlistete man nicht, der hatte den Starrsinn von dem alten Fischer, durch langes Zusammenleben, mit wem auch immer, nimmt man sich doch vieles an, mein Freund verhungerte nicht so schnell und wahrscheinlich würde er den Hungertod einer Gefangenschaft vorziehen, irgendwie war er ein Sinti, er wollte gar nicht seßhaft werden. Ich denke, er hat damals auch sehr genau geprüft, ehe er mit mir Freundschaft schloß. Jetzt fühlte ich mich echt in einer Zwickmühle, dieser Sache war ich gar nicht gewachsen, ich konnte da gar nichts machen. Scholle behauptete sich in seinem Revier, und das war zur Zeit das Schlafzimmer meiner Familie. Es ging noch den ganzen Tag so und auch die folgende Nacht hielt die Belagerung an, ich wagte gar nicht, drüber nachzudenken, wie Scholle es mit dem Urinieren hielt. Juppi und Tina hatten den ganzen Tag vor der Schlafzimmertür zugebracht, mal bittend, mal schimpfend, nichts brachte Erfolg. Die beiden mußten auch die zweite Nacht im Gästezimmer verbringen. Für mich war Scholle ein Selbstmordkandidat, Juppi brauchte nur die Polizei verständigen, dann wäre für Scholle alles vorbeigewesen, vielleicht wollte er es so. Die Wohnungstür wurde auf Klingelzeichen nicht mehr geöffnet, Juppi schämte sich ob seiner Hilflosigkeit, und Tina stand ihm da nicht nach. Wer mag schon zugeben, daß er mit einem nicht gerade großen Hund nicht fertig wird, noch dazu, wenn dieser gerade mit einer Hausbesetzung beschäftigt ist.

Juppi hatte sich in der Nacht in seinem Notbett hin- und hergewälzt, der ersehnte Schlaf war ausgeblieben. Er sah, daß Tinas Bett leer war, sie konnte sicher auch keinen Schlaf kriegen. Er fand sie in der Küche, wo sie mit einer Wäscheleine hantierte.

"Was machst du da?", fragte er sie und gähnte herzhaft ...

"Das siehst du doch", sagte sie und knotete weiter an dem Seil herum, "wäre doch gelacht, wenn wir das Tier nicht aus dem Bett bekämen und natürlich auch aus dem Hause."

"Damit willst du den Hund aus dem Bett holen?"

"Klar doch, ich mache ein Lasso, das werfe ich ihm über den Kopf und schon haben wir ihn."

Juppi schüttelte den Kopf, er wollte nicht glauben, daß sie einen Hund mit einem Lasso aus dem Bett ziehen wollte.

"Ich weiß was anderes", meinte er dann und legte den rechten Zeigefinger an die Nase. Das tat er immer, wenn er grübelte.

"So?" Tina hab die Augenbrauen und sah ihren Jupp zweifelnd an.

"Ganz einfach, ich hole die Polizei, ich will mein Bett, die können ihn erschießen."

Wir machen uns lächerlich, das geht nicht, morgen stehen wir in allen Gazetten. "Man könnte ja auch", überlegte sie laut, "ja, man könnte ein schönes Freßchen fertigmachen, alle Türen, auch die vom Schlafzimmer öffnen, das Freßchen auf die Terrasse stellen und einfach fortgehen. Der kommt schon raus, wenn er merkt, daß wir fort sind."

Das glaubte ich auch, denn ich konnte mir nicht vorstellen, daß Scholle sich in den Betten wohlfühlte, er war einfach ein Tier für draußen, Gefangenschaft machte ihn krank.

"Genau das hatte ich auch schon gedacht", sagte Juppi.

"Zuerst machen wir es aber mit dem Lasso, man kann es doch mal versuchen, vielleicht gelingt es", meinte Tina.

"Also los, Tina, auf geht's, versuchen wir es."

Beide schlichen sich an die Schlafzimmertür und öffneten sie einen winzigen Spalt, es war ruhig drin, Scholle schlief bestimmt seelenruhig in den Ehebetten, während sie sich hier abmühten und feldherrenartig Pläne schmiedeten ...

Im Zimmer war es dunkel und im Schutz dieser Dunkelheit schlichen sie sich näher, Juppi wurfbereit, das Lasso in der Hand.

Es tat sich nichts, Scholle meldete sich nicht. Tina drückte auf den Elektroschalter und siehe da, die Betten waren leer, stattdessen wehte ein kalter Wind vom Fenster her, Scholle war einfach durch das Fenster gegangen, durch das geschlossene Fenster. In der Scheibe klaffte ein riesiges Loch. Ich meine, ich konnte hören, wie den beiden einige Steine vom Herzen rollten.

"Er ist fort", jubelte Tina und fiel ihrem Juppi um den Hals. "Begreifst du es, Juppi? Er ist fort."

Juppi antwortete nicht, er stand einfach so da und schüttelte den Kopf.

"Du sagst nichts, wir haben es geschafft, das Tier ist raus."

"Und die Scheibe hinüber, das Schlafzimmer sieht aus, als hätte eine Horde Wilder hier gehaust", stellte Juppi fest.

Mir war es wirklich nicht recht, was Scholle hier veranstaltet hatte, und ich hielt mich immer ein bißchen im Hintergrund, damit wollte ich nun wirklich nichts zu tun haben. Trotzdem nötigte mir sein Vorgehen doch einigen Respekt ab. Mein Freund setzte sich durch, immer nach dem Motto: 'Lieber tot als Sklav'. Das zweite galt absolut nicht für ihn.

Die nächsten zwei Tage war es im Hause sehr ungemütlich, überall stand oder lag ich im Wege. Es wurde geschrubbt, gewaschen und geputzt, ich fand, Tina übertrieb mal wieder. Ich kann sagen, mir gegenüber zeigten sie Charakter, sie machten mir keine Vorwürfe, aber raus durfte ich nicht alleine. Ich denke, sie hatten Angst, ich verschwinde wieder, sie konnten doch nicht wissen, was wirklich passiert war. So sah ich Scholle tagelang nicht.

Alles braucht seine Zeit und so trat eines Tages wieder der Alltag ein, ich durfte wieder alleine laufen, natürlich trichterte Juppi mir tausend Vorschriften ein. Das machte mir aber nichts, hatte ich doch von meinem Schöpfer zwei Ohren bekommen.

Wieder in meinem ehemaligen Zustand, von Kopf bis Fuß gepflegt, machte ich mich auf den Weg. Meine Blessuren waren verheilt und verschwunden.

"Hi, Scholle", rief ich, als ich den Affenberg hinaufkam.

"Hi", antwortete er fast unhörbar.

Einige Minuten sagte keiner ein Wort.

"Ja, mein Freund", meinte er dann endlich, "all das hat nichts mit uns beiden zu tun, du bist anders als ich, aber du hast einen guten Charakter. In deinen Augen mag ich vieles vermasselt haben, das kann ich nicht ändern, aber mir möchte ich treu bleiben. Ich bin ich selbst, und ich werde so bleiben, ich möchte mir selber treu bleiben", wiederholte er sich. "Irgendwie bin ich ein Sinti, aber ein verdammt stolzer, ich bin kein Kriecher. Nun laß es genug sein, schauen wir nach vorne."

Etwas an der Art, wie Scholle sprach, ließ mich noch einmal aufhorchen. Ich hätte es wissen müssen, ein Scholle verkaufte sich wirklich nicht, selbst nicht für ein Superfrühstück. Er hatte es auch gar nicht nötig, alle Fischer im Ort kannten ihn und ohne jede Absprache versorgten sie ihn. Bei den Fischern war es wie ein Versprechen dem toten Kollegen gegenüber. So handelte man hier eben. Was Scholle nicht bekam, das holte er sich. Zu mir sagte er einmal: "Dabei handelt es sich nur um eine kleine Eigentumsübertragung."

So war Scholle, ihm ging es wie den Spatzen, auch die überleben nicht in Gefangenschaft, so gut kann das Futter, was man ihnen reicht, gar nicht sein.

"Ja", meinte ich endlich, "schauen wir nach vorn."

"Denke ich auch", meinte Scholle.

"Den Zusammenbruch unseres Plans hast du miterlebt", stellte ich noch einmal fest. "Nelli ist tot und auch der kleine Terrier. Dann, gerade als wir Nelli fortbringen wollten, kam der Aussetzer, ich wurde ohnmächtig. Scheußlich, als ich aufwachte, lag ich auf den toten Kollegen. Mag gar nicht dran denken, die wollten schon die Kuhle zuschütten."

Scholle lauschte gespannt meinen Worten.

"Mir ist kalt hier oben", sagte ich und schüttelte mich, meine Ohren flogen mir nur so um den Kopf. Der starke Wind schüttelte uns, fast schwarze Wolken standen über dem Meer, eiskalte Luft jagte über den Strand und über unsere Köpfe hinweg.

Ich mußte an meine Leute denken, die saßen jetzt im Haus vor dem knisternden Kamin. Ich freute mich schon auf mein Heim, Scholle hätte es auch so haben können, aber er wollte es nicht, alle Weichen waren schon für ihn gestellt. Für seine Entscheidung hatte ich absolut kein Verständnis. Da lief er nun nachher wieder in seine armselige Fischerhütte, alles naß und spakig. Er sollte lieber an sein Rheuma denken, doch das pflegte er lieber.

"Ja", begann ich wieder, "den Alex habe ich nicht mehr gesehen, weißt du was? Und Paula, die waren doch beide zusammen in Gefangenschaft geraten."

"Alex ist frei", antwortete Scholle, "der hat Glück gehabt, Unkraut vergeht nicht. Für den war unsere Aktion nun wirklich nicht bestimmt. Paula? Wenn die nicht unter den Toten ist, dann müßte sie noch in dem Heim sein."

"Na denn", meinte ich, "da hätten wir ja wieder den alten Status Quo, alles für Notting." Scholle nickte einfach.

"Hast du mal was von dem Luzifer, von dem ekelerregenden Örnibert gehört?"

Scholle nickte abermals. An diesem Tag regte mich seine Maulfaulheit auf, vielleicht war das Wetter schuld, vielleicht war ich seelisch noch nicht mit allem fertig, ich sehnte mich momentan einfach nach meinem Heim, nach Tina und meinem Herrchen.

"Was ist mit Örnibert?"

Scholle schien gar nicht zugehört zu haben.

"Was ist mit Örnibert?" Ich reckte mich ein wenig vor, um Scholle in die Augen zu sehen.

"Was? Ach ja, Örnibert, --- ja, dein Freund macht weiter."

"Das sagst du mir erst jetzt? Örnibert ist nicht mein Freund."

"Weiß ich doch, ich meine, in Anführungsstrichelchen. Ist ein häßlicher Vogel, der Örnibert, schlecht an Herz und Seele. Was Neues, wir haben Zuwachs bekommen, drei Whippets, liebe Kerle, sag ich dir, ein schwarzer, ein brauner und ein weißer. Junge, haben die ein Tempo drauf, Boris, da mußt du echt sehen, daß du mit ihnen mithältst."

"Sind ja nun mal Windhunde", sagte ich mürrisch.

"Sind sie sonst nett?"

"Ganz nett."

"Willst du unseren Club vergrößern, Scholle?"

"Warum nicht? Die anderen schlafen auch nicht."

"Was ist mit Max? Er war immer ein undurchsichtiger Kerl."

"Max, Max, ich mag ihn auch nicht", brummte Scholle. "Wird sich schon ergeben, wohin der gehört."

Ich sah Scholle neugierig an, ich fand ihn verändert, war es das Alter? Zeitweise erschien er mir abwesend, gar nicht so bei der Sache, ich hätte an seiner Stelle das schöne Heim bei Tina und Juppi nicht abgelehnt. Scheiß Gefangenschaft, darüber gab es bestimmt verschiedene Meinungen.

"Weißt, Boris, laß uns für heute abbrechen, der Wind und all das hier, wir machen morgen weiter, möchte mich ein bißchen auf's Ohr hauen." Tatsächlich, Scholle wurde alt und wie ich die Sache sah, wollte er mir die Führungsrolle übergeben. So jedenfalls hatte er immer gesagt. Eigentlich fühlte ich mich in meinem kleinen Alter noch gar nicht reif dafür. Na, er hatte ja auch noch nicht darüber gesprochen, das bedurfte schon einiger Vorbereitungen.

Ich war so froh, als Juppi mir öffnete. Er streichelte mich und meinte: "Guter Hund. Hast recht, bei dem Wetter geht man nur wegen dringender Geschäfte vor die Tür."

Ich genoß es immer wieder, wenn er mich kraulte, trotzdem lief ich heute schnell an ihm vorbei und hin zum Kamin. Was kann es Schöneres geben, als so geliebt zu werden. Ich legte mich in meiner gewohnten Stellung vor den Kamin: den Kopf auf die ausgestreckten Vorderbeine und so lang gereckt wie irgend möglich. Durch das große Fenster sah ich, wie die schwarzen Wolken rastlos über das Meer jagten, es ließ sich nicht mehr verbergen, der Winter stand vor der Tür. Einen Moment noch ging mir Scholle durch den Kopf, ich werde ihn nie verstehen, ob er sich wohl selber verstand oder war er wirklich schon senil? Was kann es für einen alten Herrn meiner Art Besseres geben, als ein warmes Heim.

Bald hoben meine Träume mich in eine andere Welt, Frieden um mich her. Traumesmutig lief ich mit Nelli durch Wald und Heide. Es war, als hätten wir Flügel, unsere Beine berührten kaum den Boden.

Ich weiß nicht, wie lange ich geschlafen hatte. Muß ich auch gar nicht, es ist gut, zeitlos zu leben, nichts von Uhren zu wissen und nach dem Diktator Uhr zu rennen wie die Menschen. Manchmal können sie mir leid tun. Aufstehen, frühstücken, arbeiten, selbst das Schlafengehen erfolgt nach der Uhr. Der Wekker wird schon am Abend gestellt, bloß nichts verpassen, alles nach der Uhr, sie ist ein Monster. Ich mußte schon wieder an Scholle denken, der hörte sklavenhaft die Ketten rasseln, wenn ihn was einengte. Damit hatte ich kein Problem, Gott sei Dank.

Menschen lieben es, Monster um sich zu haben. Da ist zum Beispiel dieses schreckliche Ding, sie nennen es "Telefon". Mein Gott, was rennen sie, wenn es sich meldet, schon der Ton läßt sich mir die Haare sträuben. Zu jeder Tages- und Nachtzeit erlaubt es sich, den häuslichen Frieden zu stören, was hat es nur an sich? Nachts springen sie todesmutig vom tiefsten Schlaf aus dem Bett, nehmen sogar einen Herzinfarkt in Kauf, sie rennen, als sei der Leibhaftige hinter ihnen. Egal, was am anderen Ende der Leitung geschieht. Manchmal kommt Juppi mit hängenden Flügeln zurück: "War wohl nichts, irgendwelche Besoffenen haben sich verwählt. Wieder im Bett liegend, erklärt er der Tina dann, wie und wo sein Herz wehtut. Wenn dieses Monster läutet, unterbricht man sogar das Mittagessen und schimpft anschließend über die Unart, während des Essens anzurufen. Normalerweise zählt es als schlechtes Benehmen. Wütend wird Juppi immer, wenn er am Wochenende einen Mittagsschlaf hält und dann klingelt es. Aus, die gute Laune. Leider habe ich dafür gar kein Verständnis, die sollen uns doch den Hausfrieden lassen, aber nein, es wird sogar herausgefordert, neuerdings klingelt es sogar bei den Menschen in der Hose. Sie machen sich alle zu Sklaven. Sklaven des Telefons, der Uhr, Sklaven ihres Chefs und ich weiß nicht was.

— — — — — —

Juppi liebte die Wärme des Kamins und so hatte er sich in seinen bequemen Sessel neben mich gesetzt. Tina lag hingehaucht auf dem Sofa. Beide lasen in Zeitungen.

"Hör mal, Tina", hörte ich Juppi sagen, "die Tollwut geht um, wir dürfen Boris nicht mehr allein ströpern lassen, es ist Leinenzwang."

Tina sah Juppi an und dann mich. Sie hatte auf der Stirn wieder diese dumme Falte, die sie keinesfalls jünger machte.

"Die Tollwut ist sehr gefährlich", sagte sie endlich. "Boris muß angeleint werden. Menschen können sie auch kriegen, ich habe mal drüber gelesen."

Juppi wühlte sich aus seinem Sessel und setzte sich neben mich. Er nahm meinen Kopf in seine beiden Hände und sprach auf mich ein. Ich verstand kein Wort, sah nur, daß er sehr traurig war. Wie sollte ich es auch verstehen, wenn er mir beide Ohren zuhielt. "Was machst du da?", sprach Tina ihn an, allerdings ein bißchen lauter als gewöhnlich. "Du hältst dem Tier die Ohren zu, wie soll es dich denn verstehen? Nun tue man nicht so, als hätte er schon die Tollwut oder sie wäre im Anzug auf ihn.

Übrigens, hier ist sie gar nicht, ich habe noch nichts davon gehört."

"Naja, vorsichtig kann man ja sein, muß man sogar, schließlich möchten wir unseren Hund doch behalten. Nicht war, Boris?"

Da war ich mit ihm einer Meinung, Juppi hatte meine Ohren wieder freigegeben und so konnte ich sein weiteres Gejammer mit anhören. Manchmal ist es doch ganz gut, wenn man nicht jeden Unsinn mit anhören muß. Ich legte mich wieder in die mir klassische Stellung zurück, ich wollte einfach noch ein wenig schlafen. Bald hatten mich schöne Träume wieder eingeholt, ich fühlte mich so wohlgeborgen.

Der Winter wurde außergewöhnlich hart. Bis weit hinein war das Meer zugefroren. Auf dem Eis saßen Schwäne, als wären sie angefroren. Sie kamen jeden Winter hierher aus dem hohen Norden. Juppi war mit mir hierher gegangen, er war der Meinung, er dürfe mich nicht alleine lassen, er müsse mich begleiten wegen der Tollwut, die angeblich zur Zeit hier herrschte. Trotzdem ließ er mich am Strand von der Leine, es tat ihm so leid, wenn ich angebunden war, und er vertraute mir. Oben an den Dünen war er stehen geblieben, von da aus konnte er den ganzen Strand einsehen und, wenn jemand auftauchte, mich notfalls zurückrufen.

Die Sonne kristallisierte auf dem gefrorenen Schnee, er glitzerte wie abertausend Brillanten. Die reine Morgenluft rief ein solches Glücksgefühl in mir hervor, mein Herz jubelte, ach, die Welt ist einfach schön.

Einwohner hatten einen Trog an den Strand gebracht und da hinein Futter für die Schwäne getan. Sie waren schon fast handzahm. In unserem kleinen Seebad liefen sie bereits wie die Hunde oder die Katzen herum. Manchmal setzten sie sich sogar auf eine Kreuzung, die Autofahrer fuhren dann ganz vorsichtig drum herum. Ich sah mich nach Juppi um, der stand noch oberhalb der Dünen und winkte mir zu. Vor lauter Freude und Kraft machte ich ein paar Luftsprünge und rutschte natürlich auf dem harten Eisschnee aus. War aber nicht schlimm, das konnte mir meine gute Laune nicht verderben.

Irgendwas ganz hinten am Strand zog mich an, ich konnte nicht erkennen, was es war, deshalb lief ich näher heran.

Zwei große zerfledderte und blutige Flügel ragten in die Luft, dazwischen war nichts, gar nichts, der Rumpf war herausgetrennt. Wer mochte so was getan haben? Zuerst kam mir der Gedanke, daß Örnibert seine Pfoten wieder einmal im Spiel gehabt hat, aber den Gedanken verscheuchte ich ganz schnell wieder, so was konnte wohl nur ein Fuchs gemacht haben. Hier hatte der leichte Beute, die Tiere waren vor Kälte so starr und unbeweglich und wenn sie obendrein vielleicht noch nicht ganz gesund waren, kamen sie ihm nicht davon ... Das da interessierte mich so sehr, ich ging noch ein wenig näher heran. Muß ein großer Vogel gewesen sein, stellte ich fest. Schade, tat mir leid.

Ein schneller Blick zu meinem Herrchen, der nickte mir freundlich zu. Er hatte Ausdauer, auch ihm gefiel das Wetter.

Nicht weit entfernt liefen zwei Männer auf Schlittschuhen über den Bodden. Das Eis hielt, Gefahr bestand nicht.

Ich sah noch einmal auf die Teile, die einmal zu einem Vogel gehörten, und machte mir meine Gedanken. Ich denke, so ein richtiger Jagdhund würde ich nie werden, obwohl ich als Setter doch eigentlich mit einem Jäger zusammenarbeiten müßte. Ich hatte die Jagd nie erlernt und wollte es auch gar nicht. Wenn ich da so an meine tote Freundin denke, die Nelli, sie hatte wirklich alles für ihren Herrn getan, sie hat hart gearbeitet, apportiert und so, trotzdem taugte sie in seinen Augen nichts, die arme kleine Nelli. – Ein schöner stolzer Schwan muß das hier einmal gewesen sein. Ich schreckte aus meinen Betrachtungen, Juppi hatte gepfiffen, ich wußte, ich sollte kommen. Und dann sah ich, wie zwei Männer, mit den Armen fuchtelnd, auf mich zukamen. Ich sah mich schnell mal um, da war niemand, also meinten sie mich. Mit diesen Kerlen wollte ich nichts zu tun haben und so setzte ich mich in Bewegung, sprang die Dünen hinauf zu Juppi. Sie versuchten, mich zu bekommen, ging aber nicht, sie scheiterten an den Dünen, sie rutschten ab. Verdammt schlechte Worte, die sie mir hinterher riefen. Juppi hatte alles mit angesehen, er machte mich sofort an meiner Leine fest und ging mit mir heim. Mit Tina hatte er dann so einiges zu besprechen, es interessierte mich nicht, ich hatte gesehen, daß sie mir inzwischen mein Freßchen hingestellt hatte. Es gab Rindfleisch mit Reis, das war mein Lieblingsgericht. Bevor ich meinen Napf erreicht hatte, lief mir schon das Wasser von den Lefzen herunter. Ich hatte großen Hunger. Was war doch Scholle für ein dummer Kerl, daß er diese Chance nicht genutzt hat. Hier gab es kein Sklavendasein, hier wurde ich eher beschützt, das war gerade heute am Strand wieder einmal deutlich geworden. Ich ließ mir mein Freßchen gut schmecken und legte mich dann an die Haustür, von da konnte ich die ganze Straße überblicken. Örnibert kam mit seinem Herrchen vorbei, der badete auch im Winter, dazu schlug er sich ein Loch ins Eis. Mir läuft es kalt den Rücken herunter, wenn ich nur daran denke.

— — — — —

Örnibert sah mich wie immer verächtlich an. An der Stellung seines gottlosen Mauls erkannte ich, was er mir zu sagen hatte, er nannte mich wieder einmal einen "Scheißwessi". Er konnte es nun mal nicht lassen. Egal, er verkörperte eben das Böse, ein Teufel, dieser Örnibert. Ich fand, er war noch häßlicher geworden, obwohl es kaum noch möglich war. Sein Aussehen glich dem eines gerupften Huhnes. Nun nach dem Unfall lief er noch schiefer. O-Beine hatte er wie ein Fußballer, wobei Örni bestimmt nie einen Fußball angerührt hatte. Außerdem gibt es so was für unsereins nur im Zirkus.

Die Straße war noch immer nicht gestreut, ein Auto rutschte heran, ein Streifenwagen. Der Fahrer hatte echt Mühe, den Wagen zum Halten zu bringen. Mir gefiel es gar nicht, daß der ausgerechnet bei uns vor der Tür hielt. Ich mußte plötzlich an die beiden Männer am Strand denken und zog mich vorsorglich zurück. Ich bellte nicht einmal, als der Polizist klingelte, obwohl ich sonst an der Tür gerne meine Macht ausspielte.

Ganz schnell befragte ich mein Gewissen, stellte aber fest, daß es total rein war. Ich lief zu Tina in die Küche und prompt klingelte es erneut an der Haustür, hatte ich es doch geahnt, daß der zu uns kommen würde. Tina wollte sofort losrennen, doch Juppi war schon unterwegs.

"Laß man, ich mach schon auf", schrie er.

Es wurde ganz schön laut da an der Haustür, Juppi schrie, der Polizist lag auch nicht in einer normalen Lautstärke. Ich bekam von dem ganzen Gespräch nicht viel mit, dennoch wußte ich, es geht um mich, immer wieder wurde mein Name genannt.

"Wohl dem, der ohne Schuld und Häme bewahrt seine kindlich reine Seele." Das galt für mich, hatte hier und jetzt aber keine Wirkung, ich verzog mich lieber in die Garage.

Von da aus konnte ich bald beobachten, daß Juppi den Beamten zu seinem Streifenwagen begleitete. Der rutschte mit seinem Wagen davon, und Juppi ging in's Haus. Juppi streichelte mich, als ich aus meinem Versteck kam.

"Was wollte der?", fragte Tina.

"Quatsch, Boris soll heute einen Schwan gerissen haben."

"Unser Boris, der kam mit einem Heißhunger von eurem Spaziergang zurück, er hat seinen ganzen Napf leer gefressen. Wie kommen die denn darauf?"

"Weiß ich auch nicht, eine Anzeige. Boris soll den Schwan aufgefressen haben bis auf die Flügel."

"Unser Boris? Daß ich nicht lache!" Tina amüsierte sich über den Unsinn, und Herrchen kraulte meine Ohren.

"Da fällt mir ein", überlegte Juppi laut, "da waren zwei so Kerle am Strand, die wollten ihn einfangen. Irgendsolche Hundehasser", meinte er wegwerfend. "Ist müßig, darüber nachzudenken."

"Na, ich weiß nicht so recht." Tina sah mich an. "Sie haben es schon einmal versucht, wir dürfen ihn nicht alleine rauslassen.

"Einmal? Wo war er denn jetzt, als er tagelang verschwunden war? Er kann es uns nicht sagen, nicht, Boris?" Er knibbelte wieder an meinen Ohren rum.

Wie gerne hätte ich ihm alles erzählt, leider sind wir nicht mit seiner Sprache ausgerüstet.

"Hi, Boris", rief Tina, "hast du vielleicht als Vorspeise einen stattlichen Schwan verspeist?" Sie mußte herzhaft lachen über ihren Witz.

"Woher kommt denn dieser Unsinn?", wandte sie sich an Juppi. "Was weiß ich, der Polizist sagt mir nicht, wer sich das geleistet hat. Vielleicht wollten sie ihn auf diese Art wieder einfangen. Alles ist möglich. Ich hab den Hund die ganze Zeit im Blick gehabt, der sollte einen Schwan gefressen habe, das kann man auch nur der Polizei erzählen. Wenn es nicht so traurig wäre, man müßte darüber lachen. Ja, ich erinnere mich, zwei so Kerle liefen da Schlittschuh, sie liefen auch ein Stück hinter Boris her, aber unser Hund ist schnell, den kriegen sie eh nicht ... Denk mal, der Polizist wollte ihn sogar mitnehmen, aber nicht mit mir, ich konnte ihn dann auch beruhigen. Zum Schluß mußte sogar er darüber lachen. Weiß der Teufel, wer den Schwan gefressen hat."

"Hatte ich dir nicht gesagt, daß sich hier ein Fuchs herumtreibt? Den bringt der Hunger jetzt bis hinein in unseren Ort und bestimmt auch an den Strand. Der scheut jetzt nicht einmal mehr die menschliche Nähe", sagte Tina.

"Hm, da hat er jetzt ja auch reiche Beute", meinte Juppi.

An diesem Abend hatte Juppi keine Lust, mit mir zu laufen und so übernahm Tina die Aufgabe. Nach dem heutigen Ereignis wollten beide kein Risiko eingehen. Wir kamen nicht weit, bei unserem Nachbarn gegenüber stand der Wagen in der Auffahrt und dahin zog es mich gewaltig, ein sonderbarer Geruch zog mir durch die Nase. Tina hatte mich noch gar nicht angebunden, da war ich schon weg. Auf Tinas Rufe hörte ich einfach nicht. – Ich war zu groß, sonst wäre ich unter das Auto gekrochen. Darunter lag er, der Fuchs, friedlich schaute er mich an, einfach so. Zuerst war ich sprachlos, doch dann bellte ich los. Ich hatte inzwischen eine wunderbare Belle bekommen, genau wie ich sie mir immer gewünscht hatte, vielleicht noch ein bißchen stärker als die meiner Mama. Es machte dem Fuchs gar nichts aus, daß ich ihn anblaffte, er lag einfach so da und schaute mich an. Warum tat er das? Wenn er den Schwan gefressen hatte, konnte er es doch mit mir aufnehmen.

Ich bellte, was das Zeug hielt. Juppi stand am Fenster und schaute zu mir herüber. Der Fuchs schaute mich so traurig an, vielleicht sollte ich die Bellerei doch lieber lassen. Warum haute der Kerl nicht einfach ab? Tina kam zu mir und schaute auch unter das Auto. Auch die Eigentümer dieses Wagens waren inzwischen herausgekommen. Diese Straße war eigentlich eine sehr ruhige Straße, aber nun waren so viele Gaffer da, weiß der Herrgott, woher die alle kamen. Juppi kam herausgerannt und machte mich an der Leine fest, um mich gleich wieder in unser Haus zu ziehen. Freiwillig wäre ich in dieser Situation sicher nicht ins Haus gegangen. Ich mußte an Scholle denken und hörte schon die Ketten rasseln. Juppi meinte es nicht böse mit mir und deshalb traf das mit den Sklaven nicht auf mich zu.

Mein Herrchen stellte sich mit Tina ans Fenster, und ich sah zwischen beider Beine hindurch. Eine sehr interessante Sache da draußen. Wir beobachteten dieses überaus spannende Geschehen. Der Fuchs lag noch immer unter dem Auto. Was hatten wir bloß momentan für viele Einwohner. Ich drängte Tinas eines Bein ein wenig zur Seite, ja, so konnte ich besser sehen. Tina bemerkte es in dieser Anspannung gar nicht.

Zwei Wagen schlitterten heran, die Straße war eine einzige Schlitterbahn. Der erste Wagen, ein Streifenwagen, scherte aus, doch nur kurz, der Fahrer konnte ihn halten. Der zweite Wagen gehörte dem Förster, den kannte ich nur zu gut, ich mochte ihn gar nicht, diesen Menschen, er war mit schuld an dem Tod von Nelli. Ich mochte diesen Kerl nicht sehen und war froh, daß Juppi mich reingeholt hatte. Für den Streifenwagen war es heute bereits der zweite Einsatz, er war ja heute früh schon mal da. Ich weiß nicht, ich denke, das bedeutet nichts Gutes, nach dem Gesetz der Serie folgen immer drei Ereignisse aufeinander. Irgendeiner mußte angerufen und berichtet haben, daß hier ein Fuchs liegt.

Zuerst schauten auch die beiden Männer unter den Wagen, dann folgte eine lange Debatte ... Fehlte nur noch, daß sie sich eine Zeichnung machten. Hin und wieder schauten sie zu uns herüber, einen Aufstand machten die. Die Gaffer sahen ihnen neugierig über die Schulter.

"Egal", meinte Juppi, "wie dem auch sei, jetzt haben sie den Fuchs und damit wissen sie, wer den Schwan gefressen hat."

"Meinst du?", fragte Tina ängstlich.

"Gar keine Frage, Liebling, um unseren Boris brauchen wir uns nicht mehr ängstigen." Er tätschelte mich wieder an den Ohren. Ich vertraute ihm.

"Dein Wort in Gottes Ohr", meinte Tina und schaute mich dabei an, als müßte ich mich von ihr trennen. Ich legte meinen Kopf an ihre Oberschenkel. So ganz spontan kniete sie sich zu mir herunter, umfaßte meinen Kopf, hauchte einen Kuß darauf und brach ganz furchtbar in Tränen aus. Zwischen ihren Tränen sprach sie ganz leise zu mir ins Ohr und dabei berührte sie meine Härchen, die sich in meinem Ohr befanden und das krabbelte fürchterlich. Ich schüttelte meinen Kopf heftig, und Tina war zutiefst beleidigt. "Bei deinem Herrchen machst du das nie", meinte sie, "der kann dich den ganzen Tag knuddeln."

Gespannt bis zum äußersten verfolgten wir weiterhin die Vorgänge vor unserer Haustür. Scheinbar konnten sich die beiden Herren nicht einigen. Endlich drängten sie die Schaulustigen zurück, doch die rückten immer wieder vor. Es tat sich was, der Förster ging an seinen Wagen. Als er zurückkam, hielt er ein Gewehr in der Hand. Er mußte sich mit Gewalt einen Weg durch die Menge bahnen. Wir ließen keinen Blick vom Fenster, es herrschte eine Spannung, ich denke, daß bei Tina und Juppi die Nerven genau so bloß lagen wie bei mir.

Als Tina die Stille unterbrach, empfand ich es als sehr störend. Immer wenn irgendwas spannend ist, müssen Frauen reden.

"Die wollen doch wohl den Fuchs nicht erschießen", meinte sie. "Ist doch noch gar nicht bewiesen, daß er den Schwan gefressen hat. Ist so ein hübscher Kerl und so zahm."

"Wieso nicht?", fragte Juppi. "Weiß der Teufel, was der mit sich herumträgt."

"Was soll der denn schon mit sich herumtragen?", meinte Tina und maulte. "Er ist so zutraulich, der ist doch froh, wenn ihm keiner was tut, das arme Tier hat Hunger, wo soll er denn jetzt in der Kälte was zum Fressen finden, keine Maus geht vor die Tür."

"Eben, ich finde, er ist zu zutraulich, sehr, sehr ungewöhnlich ist das", antwortete Juppi.

"Juppi!!!" Tina schrie es mit einer Tonstärke, die ich bei ihr nie vermutet hätte. Ich wäre fast abgehauen, so sehr erschreckte ich mich. "Juppi, der Idiot schießt, der erschießt das schöne Tier, ich halte es nicht aus." Sie hatte ihn am Arm gepackt und krallte ihre Nägel da hinein.

Es ging alles ganz schnell, es knallte einmal, und der Fuchs streckte sich, er war tot.

"Der hat keinem was getan", jammerte Tina. "Manche Förster schießen wirklich auf alles, was sich bewegt. Der Fuchs war doch schon zahm."

"Ein bißchen sehr zahm", meinte Juppi.

Es war alles so spannend und so nervend, ich rückte mein Hinterteil zurecht, wußte schon gar nicht mehr, wie ich sitzen sollte. Ich wollte doch nichts verpassen.

Drüben der Nachbar fuhr sein Auto ein Stück zurück, und die beiden, der Förster und der Polizist, zogen sich Gummihandschuhe über. Den Fuchs steckten sie in einen Plastiksack und hievten ihn auf den Wagen des Försters.

Ich denke, meine Leute waren mit mir der Meinung, daß nun alles vorbei wäre. Es war ein Irrtum, beide Beamten kamen auf unser Haus zu. Juppi muß was geahnt haben, er schloß mich im Schlafzimmer ein. Was Juppi tat, hatte seinen Grund, deshalb unterließ ich vorsichtshalber das Bellen. Sie klingelten an der Haustür. Bisher konnte ich mich immer auf meinen Bauch verlassen, und eben in diesem hatte ich kein gutes Gefühl.

Zwischen den drei Männern an der Tür ging es nicht gerade leise zu. Ich konnte absolut nichts verstehen. Als die beiden unser Grundstück verließen, schmiß Juppi die Tür zu, es donnerte durch das ganze Haus, er krachte in allen Fugen, alle Wände bebten, ein mittleres Erdbeben. Die Schlafzimmertür wurde von meinem Herrchen geöffnet, und ich konnte endlich raus.

Juppi legte noch einige Holzscheite nach, obwohl es schon viel zu heiß war, es hatte den Anschein, er sei in Trance.

Zwei steile Falten auf der Stirn verrieten, daß er Sorgen hatte. Er grübelte und schaute in die zuckenden Flammen. Tina stand hilflos dabei, wir verhielten uns ganz leise. Ich spürte es ganz stark, auf uns kam etwas zu, es brauten sich dunkle Wolken zusammen. Juppi hatte sich endlich in einen Sessel geschmissen, er starrte immer noch ins Feuer. Ich lief zu ihm und legte ihm meinen Kopf quer übers Gesicht. Er streichelte mich, und ich bemerkte, wie tief er atmete. In diesem Moment wurde es mir so warm, ich hatte ihn sehr gern, den Juppi, und für ihn würde ich alles tun, meine ganze Treue gehörte ihm. Dieses Gefühl konnte ich nicht für Tina aufbringen, meine Art ist nur einem treu ergeben, bis in den Tod, möchte ich sagen. Tina achtete ich, und ich gehorchte ihr auch weitgehend, aber das war nicht die Liebe und Treue, die ich für Juppi empfand. Ja, ich hatte es gut getroffen, und das wollte ich Scholle auch bei nächster Gelegenheit sagen, er sollte wirklich nicht immer meckern, er sollte mal einsehen, welche Art Leben für uns richtig ist. Der arme Kerl lag jetzt da unten am Strand, in dem scheußlichen Verlies. Durch alle Ritzen wehte der Wind, durch das lädierte Dach kam Nässe herein. Sein Rheuma ließ ihn keinen Moment los und Hunger hatte er bestimmt auch. Ich nahm mir vor, nachher schnell mal zu ihm zu laufen und ein paar Worte mit ihm zu reden, vielleicht ließe sich doch noch etwas wieder gutmachen, er brauchte ja nicht gerade im Schlafzimmer schlafen, draußen im Schuppen war es auch ganz gemütlich. Natürlich wollte ich ihm ein Freßchen mitnehmen, der hatte bestimmt Hunger. Noch wußte ich allerdings nicht: Wie daran kommen? Den Kühlschrank konnte ich noch nicht alleine öffnen. Ein Fehler von mir, ich hätte besser aufpassen sollen, aber ich hatte es nie nötig, ich wurde doch gut versorgt. – Zum Klauen war an diesem Tage nicht viel Gelegenheit, Tina war so wenig in der Küche, lungerte immerzu um Juppi herum. Der Zufall spielte in meinem Leben eine große Rolle, andere nennen es Glück. Tina brachte für Juppi ein Leberwurstbrot herein, bei all diesem Tohuwabohu hatten wir überhaupt nicht gefrühstückt. Juppi schob den Teller erst mal zur Seite, und ich stierte auf das Brot. "Nun sag doch mal was", bettelte Tina.

Juppi sah noch immer in die Flammen. "Mein Gott, du sollst sprechen. Was ist los?" Sie schüttelte ihn an den Schultern. "Bitte, Juppi!" Endlich drehte er sich zu uns um, er sah mich mit so wunden Blicken an, sofort klickte es wieder in meinem Magen, mir war ganz schlecht.

"Sie holen unseren Boris gleich ab, sie nehmen an, er hat sich bei dem Fuchs infiziert."

"Das dürfen sie nicht, sie dürfen unseren Hund nicht töten, nein, Jupp, so tu doch was. Nein, nein, nein, ich werde das nicht zulassen. Unser Boris ist mit dem Tier überhaupt nicht in Berührung gekommen, ich hab die ganze Zeit raus gesehen." Sie beugte sich zu mir herunter und nahm meinen Kopf in beide Hände. "Mein Boris, mein Liebling, sie dürfen dich nicht töten. Juppi, wir müssen ihn verstecken."

Wir machen uns strafbar, Tina, wir sind machtlos, der Fuchs hatte die Tollwut, der Förster hat es gleich hier vor Ort festgestellt, sein ganzes Verhalten war symptomatisch."

Ich wollte meinen Ohren nicht trauen, abholen, töten, ich hatte nichts getan. Ich ging zur Tür und fiepte, das heißt bei uns, ich muß raus. Entweder wollten sie es nicht begreifen oder konnten es nicht, jedenfalls mußte ich Tina erst am Rock ziehen. Sie ließ mich zur Hintertür hinaus. Einen kurzen Moment hielt ich mich noch im Garten auf, nur so zur Täuschung, sonst wären sie mir nachgerannt. Und dann jagte ich los, so schnell bin ich noch nie gelaufen. Es war noch immer sehr rutschig, mir machte es nichts, man kann so viel leisten, wenn der Tod hinter einem her ist, und der saß mir schon im Nacken. Ich rannte zu meinem Freund Scholle. Zuletzt rutschte ich einfach die Dünen hinunter, so hatte ich schon wieder Zeit gespart. Ja, ich rannte zu Scholle, wozu hat man Freunde. Noch heute vormittag hatte ich geplant, ihn zu uns in den Schuppen zu holen, nun kam es umgekehrt, ich mußte bei ihm anklopfen. Man kann gar nicht so dumm denken, wie es kommt. Die Tür knarrte, als ich sie aufstieß. Zuerst mußten sich meine Augen an die Dunkelheit gewöhnen und dann sah ich sie, zuerst etwas verschwommen und dann ganz deutlich. Ich wollte es nicht glauben, Scholle und Max saßen in der Ecke, jeder hatte einen großen Knochen in den Pfoten, und sie ließen es sich gut schmecken. Ich mußte einsehen, Scholle brauchte mir nicht leid zu tun, der hatte sein Leben im Griff, in Freizeit, wie er zu sagen pflegte. Ein Lumpaci, dieser Scholle. Meine Achtung für ihn stieg um einige Grade. Letzteres, weil ich jetzt viel beschissener dran war als er ... In diesem Zusammenhang muß ich dieses Wort mal gebrauchen, es gibt kein passenderes. Trotzdem, Max mußte nicht hier sein, warum tat Scholle mir das an? Wieso war dieser falsche und dreckige Kotterlump hier?

"Hi, Boris", rief Max. Seine Stimme klang fest, und er machte im allgemeinen keinen schlechten Eindruck. Das Fell allerdings sah schlecht und ungepflegt aus, aber daran war ich bei Max gewöhnt. Ich hatte gedacht, ich würde hier einen zerstörten und verhungerten Freund vorfinden, aber dem war wirklich nicht so.

"Hi, Wessi", schrie Max und haute seine Zähne in den Knochen rein.

"Hi, Max", sagte ich, eine deutliche Spur zurückhaltender.

Abwechselnd sah ich zu Scholle und dann wieder zu Max, das hier wollte ich einfach nicht glauben. Scholle erzählte mir, daß Max ein guter Kumpel sei und ihn gut mit Fressen versorge. Lachend erklärte er weiter, daß sie sich gegenseitig wärmen.

Ich war so hilflos, so enttäuscht von Scholle. Andererseits mußte ich ja wohl einsehen, daß auch Scholle überleben wollte und da reichte es wohl nicht aus, wenn ich ihm alle paar Tage einen Kauknochen bringe. Ich war ganz einfach eifersüchtig, ich wollte meinen Freund für mich haben. Es war dumm von mir. "Max erzählte mir", begann Scholle, "bei euch war heute allerhand los."

"Hm", sagte ich und schaute auf Max, er störte mich und in seiner Gegenwart mochte ich mein Leid bei Scholle schon gar nicht ausbreiten. Max stank wie ein Skunk, seine Pfoten klebten von Fett. Mein Anliegen war sehr eilig, und ich sah, daß Max keineswegs das Feld räumen würde. Deshalb begann ich noch einmal.

"Hm. Scholle, ich muß hier bei dir bleiben." Und dann schoß es nur so aus mir hervor: "Sie wollen mich töten, die Polizei, der Förster, ein Menschenauflauf war das. Unter einem Auto lag ein Fuchs, konnte ich denn wissen, daß der tollwütig war? Er war es, sie haben es angeblich festgestellt, und sie haben ihn erschossen. Ich habe den Fuchs nur angebellt und dafür wollen sie mich erschießen."

"Haben sie das gesagt?", fragte Scholle und knabberte weiter an seinem Knochen herum.

Ich nickte. "Ja, zu Juppi, und sie wollten mich gleich mitnehmen. Juppi konnte es noch irgendwie rausschieben, jedenfalls wollten sie mit einem Struppiwagen wiederkommen. Ich bin abgehauen."

"Das sehe ich", meinte Scholle und sah auf Max. "Er schläft auch schon hier", meinte er dann. "Wenn du trotzdem bleiben willst, bist du uns herzlich willkommen."

"Ja, willkommen im Club", sagte Max sehr freundlich. Ich war immer noch mißtrauisch, was Max betraf, aber meine momentane Lage ließ gar nichts anderes zu, als auch Max in unsere Gemeinschaft mit einzubeziehen. Scholle lachte und hielt mir eine Pfote hin, ich legte eine drauf, und Max hielt sich keinesfalls zurück, er tat das Gleiche. Der Kerl stank unaussprechlich.

"Ja, dann willkommen", meinte Scholle.

Eines war mir klar, sie würden mich suchen und Juppi würden sie das Leben schwer machen. Bei dem machten sie sogar eine Hausdurchsuchung, wie ich bald erfuhr. Max erbot sich, die Kontrolle zu übernehmen, uns auf dem laufenden zu halten, wir mußten wissen, was draußen vor sich ging. Ich war Max dankbar dafür, betrachtete ihn aber immer noch argwöhnisch.

In der folgenden Nacht kam er gerannt und verkündete uns, daß eine ganze Hundertschaft unterwegs war und mich suchte. Meine Flanken zitterten. Nicht weit entfernt hörten wir das Gebelle der Polizeihunde. Scholle schickte Max noch einmal los, er sollte irgendwie versuchen, die Polizei abzulenken. Kaum war Max verschwunden, schob Scholle mich raus und hin zum Boot.

"Rein da, schnell", schrie er, "darauf kommen sie nicht."

Ich sprang ins Boot, machte mich ganz klein, der eisige Wind wehte über meinen Kopf hinweg, mir war so kalt und mir ging es wirklich nicht gut, ein Schauer nach dem anderen zog durch meinen Körper. Ich hatte lange nicht an meine alte Heimat gedacht, doch jetzt waren meine Gedanken sehr intensiv mit dem Pferdehof, mit meiner Mama und mit meinen Geschwistern beschäftigt. Es ist schon eigenartig, geht's einem gut, denkt man nicht daran, umgekehrt, wenn es einem schlecht geht, ist sie wieder ganz nah, die Heimat, und damit die wohlbehütete Zeit der Jugend. Hätte ich gekonnt, ich wäre auf meinen Pfoten nach Holstein zurückgelaufen. Ich hätte meine Mama wieder gesehen, ich brauchte sie jetzt so sehr, ganz fest hätte ich mich an sie geschmiegt, und sie hätte mein Fell geleckt, bei ihr wäre ich in Sicherheit gewesen.

Hier in dem Boot war es eiskalt, bestimmt würde das mit einer Lungenentzündung enden. Unten im Boot hatte Wasser gestanden, das war jetzt gefroren.

Der Krach meiner Artgenossen entfernte sich. Über den Bootsrand hinweg sah ich, daß Max im Anmarsch war. Mir drehte sich der Magen, ich konnte zu dem Kerl kein Vertrauen fassen. Scholle war doch sonst nicht blind, der vertraute ihm immer wieder. Max sah sich immer wieder um und dann sprang er zu mir ins Boot. "Es ist alles ruhig jetzt", sagte er, "sie sind abgezogen, ich habe alles im Griff. Wenn du deine Leute noch einmal sehen willst, dann lauf nur zu."

Max lief neben mir, bog aber kurz, bevor wir auf unser Grundstück kamen, ab. Ich lief hinten herum zur Terrassentür. Mein Herz raste wie ein Vorschlaghammer. Ich freute mich so sehr, einmal hatte Max etwas Gutes getan. Ich konnte meine Leute noch einmal sehen. Ich verharrte einen Augenblick, bevor ich an die Tür kratzte. In meinen Ohren rauschte das Blut, diese wahnsinnige Aufregung brachte mich fast um. Ich hörte nicht mehr, was um mich her geschah. Endlich, fast mechanisch hob ich eine Pfote und kratzte an die Tür. Im gleichen Moment senkte sich ein Fangnetz herab und ehe ich überhaupt wußte, was geschah, war ich gefangen. Ich heulte wie ein Wolf, versuchte, mich zu befreien, es war nutzlos. Mein Widerstand dauerte nicht lange. Meine Glieder waren vom Boot her eh schon steif. Meine Leute kamen in ihren Schlafanzügen herausgerannt. Tina versuchte, mich zu befreien, wurde aber sofort zurückgedrängt, sie weinte so bitterlich, ja, ich hatte sie auch gern. Juppi tobte. Er würde sich zu wehren wissen und es sei Tiermißhandlung und wenn sie mir auch nur ein Haar krümmten, es hätte böse Folgen. Er verlangte etwas Schriftliches, sie könnten mich doch nicht einfach entführen, ich weiß nicht, was er noch alles so sagte. Dann kamen eisenharte Hände und packten mich mitsamt dem Netz. Sie schmissen mich wie einen Sack auf einen Wagen, die Klappe wurde zugeschmissen, hätte ich doch nur gewußt, wohin alles führte. Wieso sollte ich bezahlen für etwas, was ich nicht getan hatte? Ich war noch so jung, und ich wollte leben, nichts als leben. Mir war so schlecht, so unendlich schlecht. Der Wagen rumpelte über das Eis. Ich versuchte, die ganze Sache irgendwie auf die Reihe zu bringen, es konnte niemand gewußt haben, daß ich zurückkehren würde zu meinen Leuten. Trotzdem, es war Verrat und dann fiel es mir wie Schuppen von den Augen, natürlich, wer anders konnte es gewesen sein als Max. Außer Scholle war er der einzige, der mein Versteck kannte. Er war es, der mich zu meinen Leuten gelockt hatte, er war es, der gesagt hat, ich könne gehen, die Luft sei rein. Dieser Verräter, er hatte es gewußt, daß sie hier auf mich warteten, für mich war die Situation keinen Moment gefahrlos gewesen, Max hatte genau gewußt, die Gefahr lauerte auf unserem Grundstück. Er hatte mich wieder reingelegt, ich weiß nicht, wieso ich diesem Kerl auch nur einen Moment vertraut habe. Ich bin diesen Häschern ins Netz gegangen, ich kann es nicht fassen. Meine Spezies hatte ich immer gewarnt vor ihm, und ich tappe voll rein. Er war mir doch eigentlich nie so ganz geheuer, kam mir immer reichlich suspekt vor, an meinem Unheil war ich zum Teil wirklich selber schuld. Sollte ich hier noch einmal herauskommen, ich weiß nicht, was ich mit dem mache, gute Tage wird der Dreckskerl dann nicht mehr sehen, das schwöre ich bei dem Leben meiner Mama. Der Wagen rollte noch immer, ich hatte keine Ahnung, wo wir uns befanden. Weit konnten wir bei dem Glatteis nicht gekommen sein, außerdem roch ich noch immer das Meer. Mir taten alle Knochen weh, sie waren wahrlich nicht gut mit mir umgegangen. Ein wenig Hoffnung hatte ich immer noch, ich wußte, Juppi würde keine Ruhe geben, er würde mir helfen.

Es war stockdunkel, als der Wagen endlich hielt. Ich hörte laute Männerstimmen und dann endlich wurde die Klappe geöffnet. Ich lag total verwurschtelt in dem Netz, laufen konnte ich in diesem Zustand nicht, also mußten sie mich tragen.

Sie nahmen mir das Netz ab und schmissen die Tür hinter mir zu. Es roch sehr muffig in dem Raum, wo ich mich befand. Kalt war es hier sowieso, und der Fußboden war aus Beton, ein hoffnungsloser Zustand. Das war ein Tag – und ich so unendlich müde. Noch bevor ich einschlief, bemerkte ich, ich war nicht allein hier. Ich roch es, so was roch ich meilenweit, eine Katze, ausgerechnet eine Katze. Laß sie leben, sagte ich mir, dann zogen mich meine Träume fort.

Ich hatte einmal gesagt, zeitlos zu leben, sei besser als mit der Uhr in der Hand, da bin ich jetzt nicht mehr so sicher ...

Ich wußte nicht, wie lange ich geschlafen hatte, als die Tür geöffnet wurde. Ein Schock erfaßte mich, meine Lenden bebten, sie würden mich jetzt holen, sie würden mich jetzt töten ...

Ich verkroch mich in die hinterste Ecke, aber es half mir nicht, ich mußte raus aus dieser schrecklichen Bude. Man brachte mich in einen Garten. Ein sehr hoher Stacheldrahtzaun umzingelte ein relativ kleines Stückchen Land, mochte vielleicht einmal ein Schrebergarten gewesen sein. Hier hinaus wurde ich gejagt, um meine Geschäfte zu erledigen. Die Katze blieb drinnen. Wie das gehen sollte, wußte ich nicht, ging mich aber eine Menge an, schließlich war ich derjenige, der in dem Gestank leben sollte. Hier draußen sog ich die Luft tief ein, pumpte die Lungen voll mit Sauerstoff, wer konnte schon wissen, wie lange der reichen sollte. Die Kälte war fast unerträglich. Viel Zeit ließ der Kerl, der mich herausgelassen hatte, nicht, ich mußte bald wieder hinein. Immerhin hatten sie inzwischen Stroh in eine Ecke geschmissen, ich brauchte nicht mehr auf dem kalten Boden liegen.

Ich wußte nicht, wie lange ich bereits hier war, Tage konnte ich sowieso nicht bestimmen, weil hier drinnen immer Nacht war. Meine Augen jedoch hatten sich inzwischen an die Dunkelheit gewöhnt, ich konnte immerhin den Umriß der Katze erkennen. An einer Wand stand eine Leiter, ich hatte es gesehen, als die Tür geöffnet wurde. Da oben auf der letzten Stufe saß sie. Wenn ich zu ihr hinauf sah, fauchte sie. Mit krummem Rücken saß sie da, ihre Augen leuchteten in der Dunkelheit wie Smaragde. Sie war keinesfalls ängstlich, ich wußte genau, die würde sich von mir nichts gefallen lassen, also versuchte ich gar nicht erst, den Helden zu spielen. Ich versuchte es mal anders herum, ich knurrte sie freundlich an und bald antwortete sie mit einem freundschaftlichen "Miau". Es dauerte schon ein paar Tage, bis wir Freunde wurden, wir testeten einander sehr genau. Eines Tages oder Nachts wachte ich auf, und Kätzchen lag zwischen meinen vier Beinen, fest an mich geschmiegt, sie schnarchte sogar ein wenig ...

So wärmten wir uns also gegenseitig ...

Ich kam immer so um die Mittagszeit heraus, neuerdings rannte Pussel einfach hinter mir her, wir waren ein richtiges Team geworden, die Katz und ich, ich nannte sie einfach "Pussel". Ich lief also durch die Tür, Pussel hinterher. Zuerst blendete mich das grelle Licht, aber dann gewöhnte ich mich schnell daran. Doch konnte ich meinen Augen überhaupt noch trauen? Dort standen sie beide am Zaun, Juppi und Tina. Ich heulte laut auf und sprang immer wieder gegen den Zaun, ich wollte es einfach nicht glauben. Juppi hatte Wort gehalten, er war da und nun wußte ich genau, er würde mir helfen, er ließ mich nicht einfach hier umkommen. Pussel stand ein paar Meter hinter mir, ich denke, solche Gefühlsausbrüche kannte sie nicht. Ich wußte es, ich habe immer an Juppi geglaubt und nun war er da, einfach so. Er wollte mir seine Hand durch den Zaun reichen, mich streicheln, doch dieser schreckliche Mensch, der mich immer rausbrachte, ließ es nicht zu. Er sprach was von Quarantäne und ich müsse schon eine Zeit bleiben, wenn dann nichts ist, dürfe ich wieder heim. Also wurde ich nicht geschlachtet oder so. Das war schon mal eine große Erleichterung für mich, ich wollte doch nicht so jung sterben. Ob Scholle mich wohl vermißte? Glaubte er dem Verräter, dem Max, immer noch?

Juppi sprach unentwegt mit mir, redete mir gut zu und versprach, mich bald zu holen. Bis dahin war ich bestimmt schon ganz verzottelt. Ich war nie mehr gebadet oder gebürstet worden, später mußte Tina damit fertig werden. Jetzt stand sie einfach so da, schniefte und schnaubte in ihr Taschentuch, sie litt um mich und trotz allem Übel, es machte mich stolz, sie brauchten mich, und sie liebten mich. Ich hätte ihr gerne etwas Gutes getan, hätte ihr gesagt, mußt nicht weinen, ich lebe doch. Aber wie sollte das gehen? Ich hätte ihr so gerne mal meinen Kopf quer übers Gesicht gelegt und getröstet. Sie sah einfach schlimm aus, dicke, schwere Tränen liefen ihr übers Gesicht, bahnten sich durch die Schminke einen Weg nach unten, nahmen von unterwegs aus den Augen schwarze Farbe mit und alles das landete auf ihrem Kragen. Arme Tina, wie ich das sah, mußte sie, wenn sie heimkam, gleich in die Badewanne und darum beneidete ich sie.

Von nun an kamen sie mich oft besuchen, bestimmt jeden zweiten Tag. Ich freute mich immer sehr, wenn sie kamen. Erst mal überhaupt und dann, daß ich rauskam aus meinem häßlichen Verlies. Pussel lief immer mit, ich beschloß, sie mit heim zu nehmen, wenn es denn endlich so weit wäre. Das, was Scholle angestellt hatte, würde sie bestimmt nicht tun, ins Bett gehen. Vielleicht ja, aber sie würde die anderen, Tina und Juppi, auch reinlassen. Mal sehen, noch wurde ich nicht entlassen.

Ich saß nicht zähnefletschend und knurrend auf einem Kleiderschrank oder auf einer Leiter, wie man es den Tollwütigen gern nachsagte, ich fühlte mich ganz gesund und wenn ich hier eines schönen Tages aus dem Drecknest herauskomme, dann verspreche ich schon heute dem Max, es wird einiges nach sich ziehen, es hat sich ein für allemal ausgemaxt. Ich denke doch, Scholle wird es auch so sehen.

Es vergingen schon noch einige Wochen, Pussel und ich waren ein Herz und eine Seele geworden, wir brauchten einander, und wir mochten uns. Nie in meinem Leben hätte ich gedacht, mit einer Katze Freundschaft zu schließen, es war total verrückt, aber es war so. Pussel war ein ganz liebes Geschöpf.

Alles ist einmal vorbei und so auch die Zeit der Quarantäne. Der große Tag, auf den ich die ganzen Monate gewartet hatte, war endlich da. Die Welt offenbarte sich mir, als der Wärter eines schönen Morgens die Tür öffnete. An diesem Tage war er sehr freundlich, was ich sonst gar nicht an ihm kannte. Auch dieser Tag war sehr freundlich, der Frühling machte seine ersten Schritte. Die Sonne hatte das letzte Eis verzehrt. Über den Bäumen stand bereits das Morgenrot. Die Fenster gegenüber dem Hause, in dem ich gefangen war, leuchteten in der Sonne. Dieses Haus hatte ich zuvor gar nicht gesehen.

Für mich war es ein Tag wie ein Geburtstag, ich hätte am liebsten die ganze Welt umarmt. Als ich Juppi draußen sah, taumelte ich vor Glück, dieser Tag war etwas ganz Besonderes. Ich sprang Juppi an mit einer Wucht, er konnte sich nicht auf den Beinen halten und fiel hintenüber. Als er aufstand, mußte er herzhaft lachen. Um uns herum jubelten die Vögel, erstes Grün tat sich hervor, ich jaulte vor Glückseligkeit, ich lief immer wieder um meinen Freund herum. Scholle hätte es wahrscheinlich als Unterwerfung angesehen, es ist keine Unterwerfung, es ist etwas ganz anderes, ich nenne es einfach Freundschaft.

Wir hatten es geschafft, ich war nicht gestorben und alles würde wieder gut werden.

In meiner übergroßen Freude hätte ich fast Pussel vergessen, der saß so traurig unter einem Strauch, bestimmt sehnte auch er sich nach Liebe, wie konnte ich in vergessen. Ich lief zu ihm und leckte ihm das Fell. Juppi nahm mich an die Leine und dann liefen wir los.

"Frauchen freut sich ganz toll auf dich, mein Boris", meinte er. "Sie hat dir ein ganz feines Freßchen gemacht und baden will sie dich auch. Du siehst aber auch aus."

Mußte er das jetzt sagen? Das wußte ich selber, ich sah aus wie ein Kotterlump.

Das war mir im Augenblick gar nicht so wichtig, wichtig war mir, was aus Pussel wurde. Ich sah mich verstohlen um, dann lief ich aber gleich weiter.

"Nicht zurücksehen", meinte mein Freund, "wenn man zurückschaut, könnte es sein, daß man bald wieder dort landet, wo man hergekommen ist." Also das wollte ich auf gar keinen Fall, ich hatte in dem kurzen Zurückschauen aber gesehen, was ich sehen wollte, Pussel verfolgte uns. Ich war sehr froh darüber.

Tina schluchzte vor Freude, als wir ankamen, sie nahm mich immer wieder in den Arm und versicherte mir, daß dergleichen nie wieder passiert. Ich wußte nicht, wie sie es verhindern wollte, wenn es denn wieder einmal so weit sein sollte. Sie kniete vor mir und streichelte mich. Über ihre Schulter hinweg sah ich Pussel, er war mir also gefolgt und nun saß er einfach da und verfolgte die Szene. Juppi stand und beobachtete Pussi und dann rief er die Katze zu sich. Ganz langsam kam sie näher, schlich ein paarmal um seine Beine herum, rieb ihren Kopf an seinen Beinen und schon hatte sie gewonnen.

"Tina", rief Juppi, "wir können sie nicht einfach wieder wegschicken, ich denke, wir behalten sie."

"Aber", stotterte Tina, "wir hatten doch schon das Fiasko mit Scholle, willst du es trotzdem versuchen?"

"Wäre doch nett, nicht? Boris hätte Gesellschaft, vielleicht bliebe er dann mehr zu Hause."

"Das glaub ich zwar nicht", zweifelte sie, "aber laß es uns versuchen. Aber Juppi, das sage ich dir gleich, aus meinem Bett lasse ich mich nicht wieder vertreiben." Beide lachten herzlich, und Pusselchen, wenn ich für sie sprechen kann, war, glaube ich, auch glücklich. Ich sowieso.

Wir machten uns beide über unsere Teller her. Mann, hatte ich einen Knast, und zu Hause schmeckt es sowieso am besten. Pussel mußte an diesem Tag auch Chappi fressen, und sie tat es mit Wonne. Derlei Sachen hatten wir lange nicht gehabt.

An diesem ersten Tag meiner Freizeit lief ich nicht zu Scholle. Ehrlich gesagt, ich war auch noch nicht so ganz fertig mit ihm, wäre er nicht so vertrauensselig gewesen, wäre mir viel erspart geblieben. Was Scholle wohl dachte, wo ich geblieben war? Der andere, der Max, wußte es ja, aber der hatte bestimmt nichts gesagt. Pussel und ich genossen zusammen mit unseren Freunden so richtig den ersten Tag daheim. Pussel und ich, Pfote an Pfote vor dem Kamin. Juppi meinte: "Schau dir an, Liebling, ist das was? Ich möchte sagen, beide Arm in Arm. Ist wohl nicht nur bei den Menschen so, daß Unheil zusammenschweißt." Ich glaube, Juppi war verdammt stolz auf mich.

Wir fühlten uns nach monatelangen Entbehrungen so richtig wohl, ich frisch gebadet, gebürstet, von Kletten und von einer Zecke befreit. Pussel hatte mehrere Zecken, auch die waren fort, sie war kräftig durchgebürstet worden, die Wäsche übernahm sie allein, sie saß lange und leckte ihr Fell. jetzt und hier vor dem Kamin lag sie friedlich in meinen Armen, ja, sie schnurrte sogar.

Am nächsten Abend lief ich rauf zum Affenberg. Pussel wollte mit, aber ich konnte ihr klarmachen, daß sie sich unter mehreren meiner Art ganz bestimmt nicht wohl fühlte.

Nach einem kurzen, aber heftigen Regen erschien wieder die glutrote Sonne am Himmel. Mir schien, sie war meinetwegen da, mein Fell glühte wie sie, als sie langsam ins Meer tauchte.

Die letzten Meter zum Berg legte ich etwas an Tempo zu, ich freute mich auf Scholle, mein Herz schlug mir bis zum Halse hinauf, doch meine Erwartung bekam ganz schnell einen Dämpfer, Scholle saß mit Max auf unserem alten Platz, auf meinem Platz, hier hatte ich mit Scholle so manches besprochen, hier hatten wir unsere Freundschaft mit einem kräftigen "Olé" befestigt. Max, der Schleimer, hatte bestimmt nicht damit gerechnet, daß ich jemals wieder auftauche, er sah mich an, als sei ich ein Geist. Ich stand einfach so da, abwartend, sah auf Scholle und dann herablassend auf Max.

Scholle holte tief Luft, ich denke, er konnte nicht begreifen, daß ich wieder auftauchte. Endlich erhob er sich und kam auf mich zu, ich hatte den Eindruck, er verstand absolut nichts mehr. "Boris?" Er betrachtete mich, als sei ich ein Geist. "Boris, du?" Er stotterte: "Ich, ich dachte, du wärest wieder in deiner alten Heimat, keiner hat dich mehr gesehen, keiner, Boris, ich kann es nicht fassen."

"So?" Ich hob eine Augenbraue, wie es meine Art war. "So, keiner hat mich mehr gesehen. Kunststück, frag mal den da, wann er mich den Häschern ausgeliefert hat. Nicht war, Max?", fragte ich den Verräter.

"Was hat Max damit zu tun, Boris, du warst es, der abgehauen ist, du bist aus dem Boot verschwunden, ich habe mir sehr viel Sorgen um dich gemacht, wir dachten alle, du wärest zurück nach Holstein. Ich erinnere mich, Max sagte noch: 'So sind die Wessis, wenn es brenzelt, dann hauen sie einfach ab.' Nicht wahr, Max?"

Scholle wandte sich Max zu. Der saß einfach so da, als ginge es ihn überhaupt nichts an, tat völlig unschuldig. Sein Gesicht, was er aufgesetzt hatte, sprach von totaler Unwissenheit. ja, der Max, wie sehr haßte ich diesen Kerl. Mich konnte er nicht mehr täuschen. Jetzt schockte ihn, daß ich so unvermittelt wieder aufgetaucht war, mit mir hatte er nicht mehr gerechnet.

"Du hattest doch gesagt, Max, Boris sei einfach abgehauen. natürlich hast du das, ich bin noch nicht verkalkt, ich weiß es sehr wohl noch."

"Ja mei", meinte Max etwas kleinlaut, "man kann sich doch noch mal irren. Wäre doch ganz natürlich in seiner prekären Lage, jedenfalls sehe ich das so. Mein Herz ist rein, ich hatte ihm sogar noch Begleitschutz gegeben bis vor seiner Haustür. Für mich war alles O.K. Boris, du warst dann verschwunden, was wußte ich denn, wohin, gab doch nur eine Möglichkeit. Übrigens freut mich, daß du wieder bei uns bist."

Er wollte mir seine Pfote reichen, ich schlug sie einfach hoch. Er lachte mich trotzdem an, ein wenig zu freundlich.

"Entschuldigung, Boris", begann Scholle, "ich weiß überhaupt nicht mehr, was ich denken und sagen soll. Mann, war ich traurig, ich dachte, ich hätte dich verloren."

Max sah Scholle und dann mir frech ins Gesicht, er hatte seine eigene Art, sich aus der Affäre zu ziehen.

Vor Wut zitterte ich am ganzen Körper, der war noch schlechter als ich jemals annehmen konnte. Blindwütig lief ich auf ihn zu, in diesem Zustand hätte ich ihm leicht die Gurgel herausgerissen. Der jedoch stand auf, schwergewichtig wie ein Ringer, und baute sich vor mir auf, nicht ohne beiläufig seine Muskeln zu zeigen. Er zischte mich an wie eine Schlange. Mit jedem Wort, das aus seinem Maule kam, berührte mich ein außerordentlich penetranter Geruch, der war so dreckig, so faul bis im tiefsten Innern, er stank wie, ja, wie soll ich es sagen? Ich glaube, da gibt es kaum einen Vergleich. Die wenigen schwarzen Kippen, die er noch im Maul hatte, sprachen ihre eigene Sprache. Ich ging einen Schritt zurück, an so viel Schmutz wollte ich mich nicht verbrennen. Er mag es als Feigheit meinerseits aufgefaßt haben, doch das war mir egal.

"Wag es ja nicht, mich anzurühren", zischte er zähnefletschend. Er sah mich an, als wollte er mich im nächsten Moment in Stücke zerlegen. Damit konnte er mir nicht imponieren, denn seine Augen sagten nicht die Wahrheit, er hatte verdammt Angst vor mir. Ich war ihm sportlich gesehen weit überlegen. Ein Teufel, dieser Max, versuchte er doch mit allen Mitteln, seine Unsicherheit vor mir zu verbergen.

Scholle stellte sich zwischen uns.

"Was ist eigentlich los, Boris? Ich verstehe gar nichts mehr."

"Was los ist, Scholle? Dieser Kerl hier hat mich den Häschern ausgeliefert. Er hat alles gewußt. Wußte, wo die sich versteckt hatten und auf mich warteten. Er ließ mich voll ins Unglück rennen. Gute Arbeit, Max, wirklich ein Meisterstück." Meine Augen trafen ihn vernichtend. "Er ist abgehauen, als sie mir ein Netz über den Kopf warfen. Sie brachten mich fort. Ich kann nicht sagen, ob er gesehen hat, wohin sie mich brachten, ich befand mich im Kofferraum. Jawoll, Scholle, genau so war es. Er hat angenommen, sie würden mich töten, damit habe ich auch gerechnet, normal ist es üblich so bei derlei Seuchen. Ich denke mal, da hat Juppi seine Hand mit im Spiel gehabt, nur er konnte mich vor dem Tod bewahren, und er hat es getan, hier bin ich. Monate habe ich in einem Verlies gelegen, in Schmutz und Dreck. Nur meiner Jugend und meinem körperlichen Zustand ist es zu verdanken, daß ich lebe. Ihr hattet eure Freiheit. Dein Freund Max belegt jetzt meinen Platz. Er ist doch dein Freund, er sitzt doch jetzt fest auf meinem Affenberg. Sag's, Scholle."

"Stimmt das alles?", fragte Scholle den Max.

"Den brauchst du gar nicht fragen", redete ich dazwischen, "der lügt dich sowieso an, diese alte Natter, ich habe es immer gewußt, und ich habe es dir immer gesagt."

"Sag was", drängte Scholle, "kannst du dich da irgendwie rehabilitieren? Wenn nicht, müssen wir dich aburteilen."

Max wurde plötzlich ganz klein, auch das war alles nur Spiel. "Man kann sich doch mal irren", meinte er sehr, sehr kleinlaut.

"Du kannst dich nicht irren, Max, du bist von Grund auf schlecht, und du würdest es jeden Tag wiedertun. Du hast dich an Scholle herangemacht und sei es nur mit 'ner Wurst, du bist ein Betrüger." Meine Geduld war zu Ende ich konnte nicht mehr an mich halten und ging auf ihn los. Scholle sprang, so gut er es noch konnte, dazwischen.

"Warum tust du das, Scholle, warum schützt du den? Der ist nicht nur einseitig, denke mal nach, der ist zweiseitig, der arbeitet für beide Seiten. Was heißt, 'arbeitet', der spitzelt beide Seiten aus, ein ganz gefährlicher Typ. Ich selbst hab ihn doch damals gesehen auf dem Wochenmarkt mit Örnibert."

Max schüttelte einfach den Kopf, lachte Scholle an und meinte: "Mit dem da kannst du doch nicht reden, ich hab es gut gemeint mit ihm, nun kann er mich mal, typisch Wessi."

Damit sprang er verdammt schnell den Berg hinunter.

Ich kochte vor Wut, scharrte ein paarmal durch den Sand und sprach kein Wort mehr. Den Berg hinunter lief ich sozusagen mit hängenden Flügeln. Mir ging es nicht gut, meine Seele war nicht unsterblich, im Moment war sie, glaube ich, gelähmt oder gar tot. Gestern noch hatte sie vor Glück gehüpft und heute war das alles vorbei, eine grausige Enttäuschung, es tat so weh, ich hätte für Scholle einfach alles getan. Am liebsten wollte ich mich auf meinen Affenberg setzen und mein ganzes Elend weit hinaus auf's Meer heulen. Ich fühlte im Rücken, wie Scholle mir nachsah, als ich den Berg hinunterlief.

Ich wußte auch genau, daß es ihm alles sehr leid tat.

In diesem Zustand hatte ich keine Lust, heimzugehen, deshalb machte ich einen großen Bogen und ging an dem Pferdehof vorbei. Ich war immer wieder begeistert, Pferde sind nach wie vor das Schönste auf der Welt, jedenfalls für mich. Meine Depressionen verschwanden augenblicklich, ich hatte lange keine gesehen, die ganze Zeit meiner Gefangenschaft. Waren eigentlich auch sie Sklaven? Scholle würde sie sicher da einordnen. Ach was, ich wischte mit einer Geste diesen dummen Gedanken fort, sie waren doch frei, frei wie ich, sie hatten hier eine wunderschöne Wiese, kann es einem Pferd in Freiheit besser gehen?

"Hi, seh' ich richtig, Boris? Boris, bist du es wirklich?"

Marcus stand plötzlich neben mir, das war ein Wiedersehen, was haben wir uns gefreut, wir hatten uns seit dem Tunnelbau nicht mehr gesehen. Wir quatschten beide durcheinander, jeder wollte erzählen. Marcus wollte sich entschuldigen, daß er damals so schnell abgehauen war, aber das war wirklich nicht nötig, es war so abgemacht. Wir hatten ausgemacht, wenn Gefahr droht, soll jeder sein eigenes Leben retten. Jetzt hatten wir uns wiedergefunden und darüber waren wir beide glücklich.

An diesem Abend kam ich spät heim, Juppi war schon wieder in Sorge, und Pussel freute sich so sehr, sie lief mir auf Schritt und Tritt nach und biß mich immer wieder in die Hacken. Das war ein Ausdruck einer großen Liebe zu mir. Sie machte es so fein und vorsichtig, fast zärtlich, es tat nicht weh, kitzelte eher.

Gedankentechnisch hatte ich an diesem Abend reichlich zu tun, ich beschäftigte mich sehr mit Scholle. Scholle war mein Freund und das hatte er wirklich nicht gewollt, er war auf Max hereingefallen, er hatte immer noch nicht erkannt, welch Strolch Max war, ich jedenfalls war auf dem besten Wege, Scholle zu verzeihen. Ein paar Tage allerdings würde ich ihn schon noch warten lassen, er sollte Zeit haben, über alles nachzudenken.

Genau wie früher vor dem Tunnelbau und vor der Quarantäne-Inhaftierung hatte ich wieder meinen Fensterplatz im Schlafzimmer eingenommen. Nicht lange, dann kamen sie, vorweg der Mensch mit dem Badelaken um die Hüfte, Örnibert trat seinem Herrn fast in die Hacken. Er schaute zum Fenster und damit zu mir herüber, sah aber gleich wieder weg. Noch konnte er nicht wissen, daß ich zurückgekehrt war und doch muß er mich im gleichen Moment, wo er herübersah, bemerkt haben, er schaute nämlich noch einmal, er erkannte mich und blieb stehen, wie versteinert, mit mir, glaube ich, hatte er nie wieder gerechnet. Als er diese Neuigkeit geschluckt hatte, schüttelte er seine Knautschledervisage und dann rannte er weiter, als hätte er den Satan persönlich gesehen. Den allerdings schien er sehr zu fürchten, er rannte, was seine krummen Beine hergaben, er rannte einfach kopflos und dabei seinem Herrn in die Hacken. Von daher bekam er natürlich eine Litanei gepredigt. Nun gab es keinen Zweifel, diese Neuigkeit, daß ich zurückgekehrt sei, würde heute die Runde durch das Dorf machen. Örnibert war so verwirrt, er vergaß sogar das Urinieren an Nachbars Zaun.

In den nächsten Tagen traf ich auch die Geschwister Robinson, Rapunzel, Rachael und Rüdiger, sie saßen auf dem Affenberg und redeten, die Neuigkeit hatte also ihre Runde gemacht.

Scholle kam auch noch den Berg herauf, und er tat mir leid, sein Rheuma schien ihm schwer zuzusetzen. Was soll ich sagen, er war doch selber schuld daran, hätte er sich meinen Leuten gegenüber nicht anständig benehmen können? Naja, vergiß es, Boris, sagte ich mir. Er sah mich so traurig an, das hielt ich nicht aus und deshalb ging ich einfach auf ihn zu und legte ihm eine Pfote auf die Schulter.

"Na, alter Schwede, alles wieder in Ordnung?", fragte ich ihn. Dabei lachte ich ihm frei und offen ins Gesicht. Der Stein, der meinem alten Freund vom Herzen fiel, war für alle hörbar, er hatte sehr daran getragen, mir schien, er wurde um einiges größer, der Scholle.

"Was meinst du, Boris?", fragte er mich.

"Du weißt es, Scholle, gib es zu, du hast dich geirrt, oder ---? Mein Freund, denk nicht mehr dran, laß es einfach, wir haben alle daraus gelernt."

"Wenn der Max noch einmal hier heraufkommen sollte, ich jage ihn den Berg hinunter."

"Tu es nicht, Scholle, laß ihn kommen, natürlich, laß ihn einfach kommen. Soll er sich in Sicherheit wiegen, ich brauche ihn noch."

"Was hast du vor, Boris?"

Die Geschwister waren näher gekommen und lauschten unserem Gespräch.

"Kann ich dir noch nicht so sagen, weiß es selber noch nicht so genau, mit Max habe ich einiges zu besprechen ..."

Die Whippets kamen den Berg herauf gerannt, als ginge es um eine Meisterschaft im Bergrennen. Nette Kerle, die drei. Mei, dahinter war Temperament, alle Achtung ...

Wir waren jetzt schon eine ganz gute Crew, ich denke, davon könnten unsere Gegner nur träumen. Die Neuen benahmen sich gut, und ich wußte sofort, die passen zu uns.

Mir wollte Max nicht aus dem Sinn und so verließ ich bald den Treff. Mit Max wollte ich es aufnehmen, der hatte es sich redlich verdient. Was genau und wie, das wußte ich noch nicht. Gut Ding will Weile haben, sagte ich mir.

An diesem Abend ging ich nochmals ins Schlafzimmer und stellte mich vor den großen Spiegel. Ich hatte mich schon recht gut erholt, sogar meine Muskeln waren wieder da.

'Also auf, Boris, zu neuen Taten', sagte ich mir.

Ich hatte nicht bemerkt, daß Tina und Juppi in der Tür standen. "Gut sieht er wieder aus, unser Boris", meinte Juppi. "Sein Fell ist einzigartig." Er nahm Tina in den Arm und meinte: "Hättest du ihn nicht dauernd gewaschen und gebürstet, Liebling, er wäre längst nicht so schnell wieder so geworden. Starker Bursche, ich bin stolz auf ihn."

Durch die Fenster fielen letzte Sonnenstrahlen, brachen sich in dem geschliffenen Spiegel und zauberten eine leuchtende goldrote Farbe auf mein Fell.

"Er ist der Schönste von allen", flüsterte Tina ihrem Juppi ins Ohr. Dann wieder schaute sie mich so verliebt an.

"Schau, Juppi, dieses edle Profil, ich mag gar nicht daran denken, wenn die ihn getötet hätten."

"Haben sie aber nicht, solange ich da bin, werden sie es auch nicht, unseren Hund faßt keiner an."

"Was hättest du machen wollen, Liebes, wenn sie es getan hätten?"

"Hör auf, Tina, wenn, wenn, er ist doch da, freuen wir uns mit ihm, sieh doch, er schaut schon wieder in den Spiegel, unser eitler Fratz, gell Boris, bist ein ganz feiner, und wir sind stolz auf dich." Tina hatte sich wirklich viel Mühe mit mir gegeben, manchmal trat sie sogar mit der Schere in Aktion.

Doch jetzt reichte es mir, ich mochte wirklich nichts mehr hören, schließlich und endlich kamen sie noch auf die Idee, mich auf den Laufsteg zu schicken. All das fand ich langsam idiotisch und den Stolz nicht so berechtigt, letztlich haben andere Eltern auch schöne Kinder. Ich lief an ihnen vorbei und nach draußen, kindisch das alles. Klar, ich wollte stark sein und nicht gerade häßlich, vielleicht nicht so häßlich wie Örnibert, aber ich wollte kein Adonis sein.

Eine Weile saß ich vor der Haustür und grübelte. Manchmal sprachen mich Vorbeigehende an, sie kannten mich mittlerweile fast alle. Katzen liefen, wenn ich draußen war, nicht über unser Grundstück, ich war schnell hinter ihnen her. Mit Pussel hatte das nichts zu tun, sie war eine Ausnahme, mit ihr hatte ich die schlimmsten Monate meines Lebens verbracht. Die fremden Katzen sollten ihre Düfte nicht in unserem Garten hinterlassen, das tat nicht einmal Pussel.

Der Gedanke an Max ließ mich nicht mehr los, ich wollte Rache, er sollte leiden, wie ich gelitten hatte.

Am nächsten Morgen rannte ich zum Pferdehof, ich mußte unbedingt mit Marcus sprechen. Ihm könnte ich vertrauen, mit ihm hatte ich bereits den Tunneldurchbruch gemacht, war schiefgegangen, aber nicht Marcus' Schuld. Scholle war mir zu alt für solche Sachen und durch sein Rheuma zu ungelenkig.

Als ich Marcus in meinen Plan eingeweiht hatte, saßen wir lange und schauten auf die Pferde in der Koppel. Immer wieder schmiedeten wir neue Pläne und verwarfen sie dann wieder. Irgendwie drehten wir uns im Kreise. Nach meinem jüngsten Plan brauchten wir ein Boot, mit Steuermann natürlich, denn von uns konnte es keiner steuern.

"Ich denke", meinte Marcus, "wir müssen doch Scholle ein-schalten, nur er kennt die alten Fischer und ganz sicher würde ihn mal einer mit hinaus nehmen ...

Am Abend trafen wir uns alle drei auf dem Affenberg, Schol-le, Marcus und ich, Scholle wurde nun also eingeweiht, er nahm alles sehr vernünftig auf, und ich fand ihn jetzt gar nicht so ver-kalkt.

Scholle brachte gute Vorschläge.

Den Max, meinte er, wollte er erst mal zu unser aller Freund machen, der brauchte unbedingt Vertrauen zu uns. Mich ekelte der Kerl an, aber wegen dieser Sache mußte ich schon mal über meinen eigenen Schatten springen.

"Schau, Max", meinte Scholle eines Tages, "Boris ist dir nicht mehr böse, hast es im Grunde doch gut mit ihm gemeint, laß uns alles vergessen."

Er reichte Max sogar eine Pfote und forderte mich auf, durch-zuschlagen, so zum Zeichen unserer Freundschaft. Ich tat es, hätte beinahe das Kotzen gekriegt. Andererseits wußte Scholle ganz sicher, was er da tat. "Schon recht so", meinte er dann nach dieser Zeremonie, "ich mag diesen Zustand nicht, immer nur Ärger, einer spricht nicht mit dem anderen.

Max lachte mich an, er schien froh zu sein, daß alles so gut für ihn verlief, ich wußte, der führte schon wieder neue Schikanen im Schilde, so einer konnte nicht in Frieden leben.

Scholle mit seiner Erfahrung war so ein richtiger Schlichter, und Max glaubte ihm.

Endlich sah ich auch Puschkin einmal wieder, der liebe tapsige Puschkin, ich hatte ihn sehr gerne, wir begrüßten uns ganz herz-lich.

"Wow", meinte er einfach, als er mich sah, einfach "wow", dann legte er mir eine Pfote auf die Schulter, ich ging einen klei-nen Moment direkt ein wenig in die Knie. Schnell sah ich mich um, es hatte niemand gesehen, wäre schon ein bißchen peinlich gewesen. Er war ein Freund, dieser Puschkin, und man sah es ihm an, er freute sich mächtig, mich wiederzusehen.

An diesem Abend kamen auch die drei Schnelläufer, die Whippets. Mit einem Hallo kamen die wieder den Berg herauf gerannt, ich hatte sie schon in Verdacht, sie können gar nicht langsam gehen, und dieses Tempo bei den dünnen Beinen. Ein lustiges Völkchen.

"Scholle?"

"Ja, Boris?"

"Du hast mir noch nicht die drei Jungens von der Rennbahn vorgestellt, was ist?"

"Hab ich nicht? Na denn, also das da, der Schwarze ist Hauptmann." Hauptmann tat, als mache er eine Verbeugung.

"Der Weiße ist Loens." Auch Loens machte eine etwas mißratene Verbeugung.

"Nummer drei", meinte Scholle weiter, "ist Klopstock, der Herr in braunweiß." Er nickte mir zu. "Gut erzogen, die Burschen", stellte ich fest. – "Alle von der schreibenden Zunft." – "Wie das denn?", fragte ich.

"Hm", meinte Scholle, "ihr Herr ist aus dem Gewerbe."

"Ich freue mich, euch kennenzulernen", sagte ich ihnen. "Ihr bereichert unseren Verein um einiges."

Sie versicherten mir, daß auch sie sich freuten, bei uns zu sein. Ein wenig nervös machte mich allerdings das Zittern und Rennen, sie waren immer auf dem Sprung, etwa wie bei Pferden vor dem Rennen. Sie kratzten im Sand, liefen bis zum Überhang des Affenberges und wieder zurück, sie waren laufend unterwegs. Ein Zeichen, ein Husten, und sie rannten wieder los. Eine nervöse Gesellschaft, aber nett in ihrer Art.

– – – – – –

Einige Wochen dauerte es schon, bis Scholle es geschafft hatte, Max vertraute ihm. So arglistig er sonst war, auf Scholle fiel er herein ... Hätte er ein wenig über seinen eigenen und schlechten Charakter nachgedacht, wäre er ob dieser neuerlichen Freundschaft mißtrauisch geworden, doch er war dumm.

Wie ich das sah, konnte unser Plan bald steigen, wir hatten mit Scholle alles bis ins kleinste besprochen.

Scholle wollte ganz sicher gehen und bat Marcus und mich, noch einmal auf den Affenberg zu kommen.

"Wenn nichts dazwischen kommt", hatte Scholle gemeint, "dann machen wir ihm morgen den Garaus, der wird keinen Artgenossen mehr quälen. Das mit dir, Boris, war ein für allemal das letzte." –

Der Tag näherte sich bereits seinem Ende, die glutrote Sonne stand tief am Horizont, bald würde sie eintauchen ins Meer. –

Marcus und ich saßen auf unserem Stammplatz auf dem Affenberg. Jede Sehne war gespannt, die Nervosität war fast unerträglich. Wo blieb Scholle? Abwechselnd liefen wir immer wieder an den Rand des Berges, sahen einmal zum Wasser hinüber und dann wieder zum Wald, es dunkelte jetzt schnell.

"Ich denke, Scholle kommt nicht mehr", meinte Marcus.

"Laß uns noch einen Moment warten", bat ich ihn, "Scholle ist normalerweise sehr zuverlässig, er wird kommen."

"Meinst du?", fragte Marcus mich und sah mich zweifelnd an.

Ich wollte gerade antworten, da schlug Marcus mir eine Pfote ins Fell. "Da, Boris, schau aufs Meer, da ist er, ich hab's doch gesagt, du kannst niemandem mehr vertrauen und leider auch Scholle nicht. Da sitzt er nun freundschaftlich und vereint mit Max in einem Boot. Was sagst du dazu, Boris? So sag doch was."

"Mir verschlägt's die Sprache, was soll ich dazu sagen? Mir ist ganz schlecht, von Scholle hätte ich das nie gedacht, es ist eine große Enttäuschung für mich ..."

Mir ging es wirklich schlecht, das war mir auf den Magen geschlagen. Ein alter Fischer steuerte das Boot, weiß der Himmel, wie Scholle das hingekriegt hat. Die beiden saßen hinten im Boot und diskutierten. An ihren Gesten erkannten wir, daß ein heißes Thema anlag. Mein Gott, war ich enttäuscht von Scholle.

"Wie haben die es nur geschafft, daß der Fischer die mit hinaus nimmt?", fragte ich Marcus.

"Das ist ein alter Mann, dieser Fischer", antwortete Marcus. "Es kann Einsamkeit sein, der ist froh, wenn überhaupt jemand mit ihm hinausfährt."

"Und uns läßt Scholle hier einfach sitzen, hält die Verabredung nicht ein und fährt mit diesem fiesen, gewissenlosen Typen."

Wir ließen das Boot nicht eine Sekunde aus den Augen, sie schipperten immer weiter hinaus. In den Zweigen hinter uns knackte es, es kam Wind auf. Wellen spülten an den Strand, und das kleine Boot schlingerte durch die aufkommende Gischt. Meinetwegen konnten sie jetzt alle untergehen, ich hatte den Glauben an Kameradschaft verloren, nach mir hatte kein Artgenosse gefragt, in all den Monaten wußten sie angeblich nichts von meinem Verbleib. Ich nehme an, Max hat alles gewußt, der hat aufgepaßt, wollte doch bestimmt wissen, wohin die mich bringen.

Das Boot trieb immer weiter hinaus, und das Zwielicht wurde immer dicker, wir hatten Mühe, durch das Halbdunkel etwas zu erkennen.

"Er wirft Scholle über Bord", schrie Marcus und hakte sich in mein Fell. "Der hängt nur noch mit dem Oberkörper über dem Bootsrand, gleich fliegt er über Bord. Mann, der Scholle schafft das doch nicht, wie kann er sich mit dem einlassen? Wir können ihm nicht helfen." Marcus flüsterte es fast. Er hielt mich noch immer am Arm fest, ich schüttelte ihn einfach ab.

Vom Boot fiel ein Körper ins Wasser. Wir beide hielten die Luft an. 'Armer Scholle', dachte ich, 'was hat er bloß mit dir gemacht, wie konntest du ihm vertrauen?' So habe ich es nicht gewollt ...

Ich sackte regelrecht zusammen, ich wollte nichts mehr sehen, das, was da draußen auf dem Meer vor sich ging, war nicht gerecht.

"Das ist nicht gerecht", flüsterte ich, "da hat sich unser Hundegott geirrt, das Unkraut sollte zerstört werden, doch nicht einer wie Scholle."

Ich sah noch einmal auf's Meer.

"Marcus, sag mir, wie konnte Scholle zu diesem Miststück Vertrauen haben oder sogar eine Freundschaft für ihn entwickkeln?"

Marcus wurde plötzlich sehr böse und schüttelte mich richtig durch.

"Boris, komm zu dir", schrie er mich an, "paß doch auf, das Boot hat gewendet."

"Na und?", fragte ich ziemlich verzweifelt.

"Schau es dir an, das ist doch nicht Max da in dem Kahn, das ist Scholle, der hat den anderen glatt ausgesetzt, der schwimmt hinter dem Boot her. Lange wird er es bei dem starken Wind nicht aushalten, das schafft er nicht ... Boris, was bist du bloß für ein Kerl, steckst gleich den Kopf in den Sand. Sieh doch, unser Scholle hat es geschafft, er hat es geschafft, Boris, er hat diesen Mistkäfer aus dem Boot gefeuert. Stark, dieser Scholle."

Mir war jetzt ganz leicht, wäre Scholle etwas zugestoßen, ich hätte mir immer ein schlechtes Gewissen gemacht.

"Schau mal, Marcus, Max versucht, wieder ins Boot zu kommen, die Wellen sind zu stark, er wird immer wieder abgeschmettert. Paß auf, er schafft es doch, jetzt hat er das Boot erreicht, er will sich hochziehen. Peng, Scholle hat ihm auf die Pfoten getreten, er fällt wieder ins Wasser."

Wir lagen beide, bis aufs Äußerste gespannt, mit den Köpfen auf den Vorderpfoten und verfolgten die Vorgänge draußen im Meer.

"Der versucht es wieder", meinte Marcus.

"Scholle hat ihm wieder eins verpaßt, er wird schwächer, er taucht schon unter", sagte ich.

"Da ist er wieder", schrie Marcus.

Tatsächlich, er war wieder hochgekommen, obwohl, Chancen hatte er so gut wie keine. Trotzdem, er versuchte es immer noch einmal. Die Todesangst ließ ihn laut aufheulen, der Sturm trug das Echo bis zu uns hinauf. Bald kam er gar nicht mehr hoch, er hatte ausgekämpft. Scholle hatte ihn gerichtet.

Mit diesem schrecklichen Erlebnis hatte ich noch lange zu tun, und ich habe mich immer wieder gefragt, wie er denn so werden konnte, der Max. Was wissen wir schon? Ich jedenfalls hatte bei dieser Geschichte nicht gerade das beste Gewissen, nicht Scholle allein hatte es getan, wir alle waren in irgendeiner Form daran beteiligt. Wir waren mitschuldig. Irgendwie waren wir beide doch sehr niedergeschlagen, wir liefen den Berg hinunter, jeder mit seinen Gedanken beschäftigt, es wurde nicht mehr gesprochen. Bald trennten sich unsere Wege.

Von Scholle sah ich lange nichts, er hatte sich sehr zurückgezogen.

– – – – – –

Die Sonne schien heftig herunter. Ich lag im Garten und ließ sie mir auf den Pelz brennen. Den Eingang hatte ich immer im Auge. Draußen vorm Tor wütete ein Artgenosse gegen mich, aber das tangierte mich nicht, es gibt immer Dumme.

Und dann kam Scholle vorbei. Er hatte es so eilig, ich denke, er wollte mir noch nicht begegnen.

"Hallo Scholle", rief ich ihn, "wohin gehst du?"

Er kam langsam zurück zu mir ans Tor. Irgendwie schien er mir schuldbewußt, und wenn das so war, dann hatte er damit recht, wieso mußte er das mit Max im Alleingang erledigen?

"Wohin willst du?", fragte ich ihn noch einmal.

"Auf den Berg."

"Warte, ich kommt mit", sagte ich ihm.

Wir liefen nebeneinander her, und ich stellte fest, Scholles Gang war gemäßigter geworden. Wir hatten Zeit und die ließen wir uns auch, trotteten so richtig faul den Weg hinauf zum Affenberg. Rügen war gut zu sehen, vor der Küste kreuzten Segelboote. Zu unseren Füßen plätscherte das Wasser in Intervallen an den Strand. Ein kleiner junge baute sich im Sand einen Kanal. Immer wieder die gleichen Strandspiele. Bald würde das Heer der Urlauber eintreffen, dann wurden Burgen gebaut. Dafür arbeiteten sie mit Schippe und Spaten, nur um sich einzuigeln, um sagen zu können: "Das hier gehört mir." Wehe, wenn einer von uns da rüber läuft, dann wird er gejagt.

Ein paar Reiter führten ihre Pferde durch flaches Wasser den Strand entlang. Hier und da wieherte eines der Pferde, und jedesmal ging mir ein totales Glücksgefühl durch den Körper, ich konnte nun mal meine Heimat nicht vergessen. Mein Gott, liebte ich diese herrlichen Geschöpfe, ob sie wohl auch einen Pferdegott hatten? Ich denke, ja, es gibt so viele Götter, warum nicht auch einen Pferdegott, die brauchen doch auch einen. Scholle und ich saßen immer noch schweigend auf unserem Hochsitz, jeder war mit seinen eigenen Gedanken beschäftigt. Hier und da schnappte Scholle nach einer Mücke. Er war noch ernster geworden. 'Lieber alter Freund', hätte ich ihm gern gesagt, 'ich würde dich so gerne in den Arm nehmen, dich beschützen, warum läßt du niemanden an dich heran? Du warst bereit, dein Leben für mich zu opfern, und ich darf dir nicht einmal danken dafür.' Mir war nicht klar, auf welche Art ich ihm das sagen sollte, ich durfte es nur für mich denken. Einmal versuchte ich es, wollte mit ihm darüber reden, er wurde sehr unwillig.

"Boris", sagte er, "ich wünsche nicht, daß darüber auch nur ein Wort gesprochen wird. Das gilt für alle Zeiten und auch für all unsere Freunde."

Damit mußte ich leben, und ich respektierte seinen Wunsch, aber vergessen würde ich das nie, schon einmal hatte ich versucht, Scholle eine Unterkunft zu besorgen, ich war jämmerlich gescheitert. Ich mußte ihn auf andere Art unterstützen und da fiel mir auch schon was ein. Heute früh hatten Steaks auf dem Küchentisch gelegen. Ich hatte es mit einem Male sehr eilig. "Ich muß gehen, Scholle."

"So plötzlich? So schnell? Na denn, ich will dich nicht halten."

Ich rannte heim, als wäre der Teufel hinter mir, hielt mich gar nicht lange auf und direkt rein in die Küche. Ja, da lagen sie noch. Ich ließ ganz schnell eins verschwinden und brachte es in den Garten, unter der Hecke des Nachbarn wäre es gut aufbewahrt. Ich freute mich für Scholle, hatte ich doch bemerkt, wie sehr sein Magen laut rebellierte.

Eigentlich wollte ich gleich los und meinem Freund das Fleisch bringen, doch das wurde nichts, meine Leute bekamen Besuch, und ich wurde denen vorgestellt. Ich konnte es nicht fassen, immer wieder betätschelten sie mich, knibbelten an meinen Ohren herum und machten auch nicht Halt davor, mir Befehle zu geben, wie zum Beispiel: "Sitz!". Ich hatte gar keine Zeit dazu. Außerdem, was würden sie sagen, wenn ich ihnen an den Ohren herumtatschen würde? Menschen sind schon eine komische Rasse. 'Boris', sagte ich mir, 'sei vorsichtig, beiß sie ins Bein oder knurre sie auch nur an, sie sind imstande und schikken dich auf den Laufsteg, also nicht allzu freundlich sein.'

Tatsächlich kam es denn auch schon.

"Mit dem Boris könnt ihr Geschäfte machen, ein ausgesucht schönes Tier, gebt ihn doch zum Decken."

Na, das hatte mir gerade noch gefehlt, überall mußten die sich einmischen, ich würde mir gern meine Mädchen selber aussuchen. Ich mochte sie nicht, diese Geschäftemacher, sie schrekken vor nichts zurück, deshalb trat ich den Fluchtweg an und verschwand hinten im Garten. Ich mußte wissen, ob das Steak noch unter der Hecke lag. Leider war es nur teilweise da, den Rest mußte ich Pussels Krallen entreißen. Erstmal ließ ich es in meinem Korb unter der Decke verschwinden. Später würde ich es Scholle bringen. Gelangweilt schlich ich durch das Haus, sah hier und da in die Ecken und wartete doch immer auf einen Schrei aus der Küche. Von daher kam nichts, ich denke, der Verlust des Steaks war gar nicht bemerkt worden, Tina hatte des Besuchs wegen mehr als sonst eingekauft. Im Entree fiel mein Blick auf den Korb mit den Schuhen. Bei meinen Leuten war es üblich, daß die Gäste sich im Flur die Schuhe auszogen und sich aus dem Korb mit Hausschuhen bedienten. Für mich war dieses Ritual unverständlich, ein Teppich muß doch mal ein bißchen Staub oder Schmutz aushalten.

Meine Augen wurden von diesem Korb mit den Schuhen angezogen, denn genau daneben standen ein Paar nigelnagelneue Herrenschuhe. Feinstes Leder, soweit ich das beurteilen konnte. Für so etwas hatte ich einen ausgeprägten Geruch. Der heutige Tag war also doch nicht so schlecht. Ich lauschte, eine Gefahr bestand zur Zeit nicht, die Gäste saßen mit meinen Leuten im Wohnzimmer und unterhielten sich, sie beachteten mich nicht. Das Thema über mich und meine Nachkommenschaft war sowieso erledigt.

Einen Duft hatten diese Schuhe, ich konnte mich nicht zurückhalten, ich griff mir einfach einen, erst mal nur einen, wenn ich dann noch mochte, konnte ich den zweiten immer noch holen. Der Onkel sollte sich dann später aus dem Korb bedienen. Vielleicht brauchte ich nur einen, das konnte ich jetzt noch nicht wissen.

Ganz hinten im Garten wußte ich eine Ecke, ein wunderbarer Platz. Ein schwerer Holztisch, eine hölzerne Gartenbank und das alles umgeben von Fliederbüschen. Tina verzog sich immer nach hier, wenn sie mal alleine sein wollte oder wenn sie Zoff mit Juppi hatte. Jetzt, momentan gehörte diese Ecke mir. Ein El Dorado für mich und meinen Fund.

Ich vergaß alles um mich her und kaute und kaute. Der schwarze Saft lief nur so aus dem Leder. Immer wieder biß ich hinein, dieser Schuh war ein Traum. Ich nahm mir fest vor, den anderen nachher auch noch zu holen, sollte dieser Mensch doch sehen, was er anziehen konnte, die Auswahl war ja da. Mir wurde so leicht, und ich war so richtig glücklich, alle Probleme waren vergessen. Ich genoß diesen Saft, ein Steak konnte nicht feiner sein. Bei dem Gedanken an ein Steak kam mir Scholle noch einmal ins Gedächtnis, aber ich dachte nicht lange drüber nach. Ich würde es ihm morgen bringen. Diesen Genuß hier und heute konnte mir keiner verübeln, einen neuen Schuh gab es nicht alle Tage. Ich kaute, was das Zeug hielt, und ich lutschte das Leder regelrecht aus. Bald sah das Objekt wie ein ausgequetschter Feudel aus. Ich fühlte mich so wohl und so mächtig, Pussel bestärkte dieses Gefühl noch in mir. Zweige teilten sich, und Pussel erschien, er sah mich mit seinen großen Augen an und legte mir seine Beute vor die Füße. Es war eine kopfamputierte Maus, und ich sah sie als rosarotes Kaninchen. Wie schön kann doch die Welt sein und damit das Leben. Ich hatte alles vergessen, was man mir angetan hatte. Pussel war ein fabelhafter Kollege, er brachte mir sogar sein erlegtes Wild, er opferte es mir. Ich schwebte in höheren Regionen.

— — — — — —

Von weither hörte ich meinen Namen, doch ich konnte nicht antworten, meine Stimme versagte, ich war wie gelähmt. Um mich her waren Schatten, ich wußte nicht, wo ich mich befand. Immer wieder fiel ich zurück in die Dunkelheit, es dauerte lange, bis ich die Augen endlich wieder öffnen konnte, mein Schädel brummte wie ein Trucker. Wieder diese Stimmen: "Boris, Boooris!" Das war ich, natürlich, sie riefen mich, das war Tina und dann Herrchen etwas lautstärker: "Booris, Boooris!" Seine Stimme hätte ich unter tausenden wiedererkannt. Ich wollte zu ihnen, aber meine Beine versagten. Oh mein Gott, was hatte ich getan? Ich lag auf der Seite und vor mir dieses ausgelutschte Ding. Erst sah ich es nur verschwommen, doch dann pellte es sich schließlich aus dem Nebel heraus. Dieses ausgelutschte Objekt war ehemals ein eleganter Herrenschuh. Was hatte ich mir nur dabei gedacht?

Immer wieder hörte ich, wie meine beiden Leute mich riefen, und ich wußte, ich mußte hin zu ihnen. Ich versuchte noch einmal, wieder auf die Beine zu kommen und es gelang.

"Da ist er!", rief Tina. "Was ist mit unserem Boris passiert?"

"Komm nur, alter Junge", rief Juppi und dann zu Tina: "Der läuft wie ein eben erst geborenes Kalb, der ist total betrunken, schau dir das an."

"Er fällt", schrie sie, "der kann gar nicht richtig laufen. Juppi, du mußt was tun."

"So, muß ich das? Eins und eins, das macht zwei, denke mal nach, Tina, mein Freund mußte mit einem Schuh und einem Hausschuh los, wo sollte der zweite Schuh denn wohl sein? Wie peinlich, das alles."

"Meinst du, er hat, der Boris hat den Schuh gefressen? Das kann nicht sein, das glaube ich einfach nicht."

"Doch, Tina, er hat. Wo sollte der Schuh denn sein? Pussel frißt keine Schuhe, und mein Freund kommt auch nicht mit einem Schuh hier an. Bin bloß froh, daß wir da versichert sind, der Kerl macht aber auch Sachen."

"Mußt du zum Arzt mit ihm?"

"Klar doch, der hat so viel Gift im Körper, das Zeug muß raus."

"Komm zu mir, mein Hund", bat Tina mich.

Ich wollte so gerne, doch ich hatte nur vier Beine, davon funktionierte nicht eines, die waren alle so verdammt wackelig. Auch das noch, Pussel kam gerannt, sie verfolgte eine weiße Maus, mit ihrem ganzen Körper rammte sie mich, und ich fiel augenblicklich wieder voll auf die Schnauze Jetzt war es endgültig so weit, ich sah weiße Mäuse. Ich schloß schnell meine Augen, weiße Mäuse wollte ich nicht sehen, ich wußte von irgendwoher, was das bedeutete, ich war süchtig.

Juppis starke Stimme riß mich aus meinem Halbkoma zurück, er lag im Streit mit einer Nachbarin.

"Haben Sie diese Mäuse ausgesetzt?", fragte er sie. Er wartete gar nicht erst die Antwort ab. "Ja, sind Sie denn wahnsinnig? Die Tiere laufen hier überall im Garten umher, ich lasse mir das nicht gefallen." Aus einem Garten kam eine Frau mit einem Spaten in der Hand gelaufen und schrie wie am Spieß, ich glaube, sie suchte einen Tisch oder so etwas, wohin Frauen flüchten, wenn Mäuse in der Nähe sind. Aus allen Gärten kamen Schreie und Drohungen.

"Wat sollt ick denn machen", verteidigte sich die von Juppi angesprochene Frau, "dat waren mindestens hundert, wenn nich noch mehr, ick will se nich mehr, mein Enkel züchtet dat Viehzeuch für die Schlangen, die will ick och nicht mehr."

"Darüber diskutieren wir noch", sagte Juppi, "kommen Sie nicht auf die Idee und setzen hier Ihre Schlangen aus" und half mir endlich wieder auf die Beine.

Mir ging es wirklich sehr schlecht und trotzdem mischte da in mir ein Frohgefühl mit, das waren nicht nur meine weißen Mäuse, sie hatten sie alle gesehen. Soviel ich sehen konnte, befand Pussel sich noch immer auf Pirsch.

Tina rührte sich nicht vom Fleck, gerne wäre sie einfach fort-
gerannt, aber sie hatte mal gehört, wenn einer wegrennt, denken
die Tiere, man ist auf der Flucht und in dem Falle würden sie
den Ausreißer verfolgen. Ich war mir nicht sicher, ob das auch
bei weißen Mäusen zutraf.

"Schlagen Se se doch einfach tot", schrie die Alte über den
Zaun und damit war für sie die Sache erledigt, sie verschwand
in ihrem Haus.

———————

Nachdem mein Magen ausgepumpt war, ging es mir etwas
besser, ich war sogar froh, daß Juppi mit mir zum Arzt gefahren
war.

Konnten sie mich nicht wenigstens jetzt mal in Ruhe lassen.
Ich war gerade eingeschlafen, wollte mich von dieser Prozedur
erholen, da schrie Tina da drinnen, als sei mindestens ein Mas-
senmörder hinter ihr her.

Aus mit dem Schlaf, sie hielt zwischen Daumen und Zeigefinger eine Decke aus meinem Korb. Sie schrie so hysterisch, daß
auch mein Herrchen sogleich auf der Bildfläche erschien.

"Jupp", schrie sie, "sieh dir das an, so ein Schweinkram, das
hier stinkt wie die Pest." Sie stieß meine Decke mit dem Fuß ein
Stück weiter.

"Was ist damit, was schreist du hier herum? Die Decke gehört
Boris, weiß ich doch, was ist los?"

"Gestern abend hab ich schon immerzu geschnuppert, wußte
nicht, woher dieser Gestank kam, ich zeig's dir."

Kopfschüttelnd verschwand sie im Haus und murmelte so
vor sich hin: "Es ist nicht zu fassen, Männer merken nie was,
tun dann immer, als wenn sie aus allen Wolken fallen."

Sie kam sofort wieder heraus und schleppte pustend meinen
Korb. Sie hatte sogar die Kraft, diesen ein Stück von ihrem Kör-

per abzuhalten, dabei tat sie, als hätte sie ein ekelerregendes Objekt in den Händen, es war doch nur mein Korb. Sie sah mich so verächtlich an, dabei war ich doch gerade eben wieder zu neuem Leben erweckt. Sicher hätte ich das mit dem Schuh nicht tun dürfen, aber muß sie mich denn nun immer bestrafen, man kann sich doch mal irren. So geht man nicht mit einem Kranken um und als solcher fühlte ich mich immer noch.

"Dein Hund, Juppi."

"Ach jetzt ist es wieder meiner?"

"Na, jedenfalls ich fasse dieses Zeug nicht an." Sie stieß den Korb ein wenig zur Seite. Wäre es mir nur ein bißchen besser gewesen, ich wäre abgehauen, aber so mußte ich mir den ganzen Kram mit ansehen und anhören.

Juppi machte sich über den Korb her und zauberte, auch wieder mit zwei Fingern, genau wie Tina zuvor, das Stück Fleisch, das ich Scholle bringen wollte, hervor. Zugegeben, es roch schon ein bißchen, aber mußte er sich so anstellen? Ich forschte in seinem Gesicht und stellte fest, daß da irgendwie ein verstecktes Lächeln verborgen war, als er wiederum mit zwei spitzen Fingern einen dicken, fast schon grünen Brummer hervorzauberte. Der Brummer lag noch im Koma, entweder hatte er sich an dem Fleisch den Magen versaut, oder ich hatte ihn erdrückt, als ich im Korb lag. Ja, und dann beförderte Herrchen nach und nach weiße, sorgsam geköpfte Mäuse hervor. Drei Stück. Sorgsam, sag ich, weil das der Eigenart unseres Pussels entspricht, sie macht das sehr genau, wie mit einer Rasierklinge. Ich wußte nichts von diesem Geschenk und sah genauso dumm auf die Leichname wie Tina. Sie streckte übrigens beide Hände von sich, die taten doch nun wirklich keinem Menschen mehr was - 'Frauen'!

Herrchen schüttelte einfach mit dem Kopf und meinte dann, während er mir über den Kopf strich: "Boris, Boris". Und zu Tina: "Tina, ich habe dir immer gesagt, er ist etwas ganz Besonderes."

"Naja", meinte sie, "dann mach du man gleich den Korb wieder frisch, haben wir genug Sagrotan da oder soll ich noch ein paar Flaschen kommen lassen?"

'Charakterlos' fand ich das, Juppi hatte wenigstens Humor, er ging sofort pfeifend an die Arbeit.

Anschließend mähte er den Rasen und zauberte noch eine Schaufel enthaupteter Mäuse daraus hervor. Pussel war fleißig gewesen.

Ich hatte immerhin gut zwei Tage mit meiner Vergiftung zu tun. Später brachten meine Leute dieses Thema jedesmal auf den Tisch, wenn mal Gäste anwesend waren. Ich fand es gar nicht so spaßig.

— — — — —

Ich hatte es geschafft und es ging mir gut. Ich hatte meinen frisch hergerichteten Korb verlassen und setzte mich ans Fenster. Tina und Juppi schliefen noch friedlich in ihren Betten hinter mir. Es hatte Zeiten gegeben, da kamen sie nicht in ihre Betten, aber daran mochte ich gar nicht denken.

Konnte ich auch nicht, denn jetzt kamen Knautschbacke Örnibert und sein Herrchen vorbei. Mir gegenüber, auf der anderen Straßenseite blieb Örnibert stehen und versuchte, mir beizubringen, daß ich ein Scheißwessi sei. Ich verstand ihn natürlich nicht, zog nur die Schultern hoch, und er rückte auf zu seinem Herrn, der ihm schon ein ziemliches Stück voraus war. Er hoppelte hinter dem Menschen mit dem umgehängten Badetuch her wie ein angeschossener Hase, hatte doch allerhand zurückbehalten von seinem Unfall, der Kerl. Angekommen bei seinem Herrn trat er diesem voll in die Hacken. Ein blindes Huhn, dieser Örnibert, ein feiner Artgenosse war er keinesfalls.

Fürs Grobe mag es vielleicht gerade so gehen. Ich möchte sagen, es ist müßig, sich über diesen Teufel überhaupt Gedanken zu machen ...

Nach unserem gemeinsamen Frühstück, Tina und Juppi am Tisch, ich eine Etage weiter unten, lief ich auf den Affenberg.

Scholle sah mich so ernst an, als ich erschien, irgendwas hatte er auf dem Herzen.

"Komm", meinte er, "setz dich neben mich, laß uns reden."

Ich war sehr gespannt, was er reden wollte, meist schwieg er doch nur. Scholle war ein ausgemachter Grübler oder Denker.

"Wo warst du die ganze Zeit? Alle Augenblicke verschwindest du, ich hab dich vermißt, Boris. Was ist eigentlich los mit dir?"

Was sollte ich ihm sagen? Vielleicht, daß ich einen Schuh aufgelutscht hatte, eine schwere Vergiftung hatte? Sollte ich ihm sagen, daß ich auf verwestem Fleisch geschlafen habe, welches ursprünglich ihm zugestanden hatte? Oder lieber, daß wir total vermäust waren, daß die Tiere in Massen in unserem Garten hausten? Pussel hatte die Tiere bis heute noch immer nicht geschafft, obwohl er sehr fleißig war. Ich ließ es, all das sind Varianten, über die man nicht gerne spricht.

"Nichts ist los, Scholle, hatte mir nur den Magen total verkorkst, lauf dann nicht gerne los."

Wir hatten wieder unsere alte Stellung eingenommen, Kopf auf den ausgestreckten Vorderbeinen und Blick auf das Wasser. Eine wohltuende Ruhe.

"Was hast du getan, Scholle? Ich meine, in den letzten Tagen. Von dir hört man auch nicht gerade was."

"Mit dem Fischer fahre ich raus, hat mich mitsamt dem alten Katen übernommen, Mann. Sorgen um Unterkunft habe ich nun nicht mehr, und das Essen ist auch nicht schlecht, der Alte kocht ganz gut. Natürlich meist Fisch. Macht aber nichts, damit bin ich groß geworden. Ist nicht so einfach mit meinem Rheuma, immer auf dem Wasser, trotzdem bin ich froh."

Hatte ich es mir doch schon gedacht, Scholle stank an diesem Morgen, als sei er selber ein Fisch, vielleicht sogar ein etwas älterer. Sehr penetrant, muß ich sagen. Egal, ich brauchte mir also um Scholle keine Sorgen mehr machen, er hatte ein sorgenloses Alter verdient und das hatte er bekommen. Er war so ein ehrlicher Typ, ein wirklicher Freund, gäbe es für unsereins einen Orden, ich würde ihm einen großen Verdienstorden verleihen.

"Unser Puschkin ist so krank", sagte er in die augenblickliche Stille hinein. Außer Möwengeschrei war hier nämlich absolut nichts zu hören.

"Unser Puschkin?", fragte ich ihn.

"Gibt es noch einen?"

"Oh, das tut mir leid, was ist mit ihm?"

"Zu schwer ist er, Boris, viel zu schwer. Hat man viel bei dieser Rasse, die Beine tragen das Gewicht nicht, versagen einfach. Er tut mir leid. Seine Leute versuchen alles, hoffen wir, daß er sich bald wieder erholt."

"Er ist jung, und er ist stark, er wird es schaffen, ich mag ihn sehr", sagte ich Scholle. "Ich werde ihn besuchen."

"Tu das, Boris, Puschkin wird sich freuen. Er hat sich sehr gesorgt um dich nach dem Tunnelunglück. Hat sich verändert seitdem, ich glaube, er war in Paula verliebt."

"Was ist mit Paula, hast du von ihr gehört?"

"Nee, weiß ja auch keiner, ob sie in dem Heim war. Kann sein, sie haben Paula mit diesem Verbrecher, diesem Alex, über die Grenze gebracht. Also ich weiß da nix, auch nix über Alex."

"Hübsch war sie, die Paula", grübelte ich laut. Ich hatte sie noch gewarnt, als Alex hinter ihr war. War wohl falsch.

Wir lagen noch immer nebeneinander, keiner sprach mehr, ganz still war es zwischen uns geworden, wir ließen die letzten sehr bewegten Zeiten an uns vorüberziehen. Die Wellen plätscherten leicht und regelmäßig an den Strand und trugen uns in die Vergangenheit. Es war eine so wohltuende Ruhe. Bald würde es vorbei sein, bald kamen die Sommergäste. Jetzt jedoch wollten wir zuerst mal den Frühling leben.

Schade, die Ruhe dauerte nicht lange, da kamen sie den Berg heraufgestürmt, Robinson vorweg. Rachael, Rapunzel und Rüdiger folgten, und ich traute meinen Augen nicht, im Geleit hatten sie ein wunderschönes Weib. Schwarz, wie gelackt, ein elegantes Auftreten hatte diese Gordonsetterin, mir blieb fast das Herz stehen. Diese wundervollen Augen. Noch eben hatte ich an Nelli gedacht, alles war vergessen, als ich diese Verführung sah.

Die vier Brüder stellten uns der Schönen vor und berichteten, daß das, was wir da sahen, ein Besuch ihrer Leute war. Ihr Name war "Puella".

Konnte es sein, daß sie mich bei der Begrüßung besonders lange und interessiert ansah? Vielleicht bildete ich mir das nur ein. Wie aufregend, mein Herz schlug Purzelbäume, ich sah nur noch sie. Scholle aber sah mich an, er schüttelte ärgerlich den Kopf. Ich kannte ihn sehr genau und so wußte ich, was er sagen wollte. Es tangierte mich nicht, ich war jung, und sie war schön, und wir hatten Frühling. Die Luft war schwer von Blütenduft und frischem Grün. Sollte ich mich vielleicht bei so einem zauberhaften Geschöpf meiner Gefühle schämen?

Sie sprachen alle durcheinander, ich verstand nichts davon, in meinen Ohren rauschte das Blut. Mein Gott, kann das Leben schön sein. Eine Explosion, in mir brannte alles lichterloh, sie war für mich absolut die Schönste, die ich je gesehen habe. Ich konnte nicht denken, sah nur noch sie. Ich kriegte nicht mal mit, daß die Brüder sich verabschiedeten und den Berg hinab liefen, sie lief hinterher. Sie schaute sich noch einmal um und lächelte mich an und dann war alles still. Alles war wie ein kurzer Traum. Scholle und ich saßen und schauten uns an. Ich weiß nicht, ob er mich verstand, will es auch gar nicht wissen. Den ganzen Tag hatte ich noch mit diesem Erlebnis zu tun. Sogar noch in der

Nacht, ich träumte von ihr. Puschkin hatte ich vergessen, so schnell geht das. Morgen, sagte ich mir, ich würde ihn morgen besuchen.

––––––

Meinen Fensterplatz hatte ich schon sehr früh eingenommen, ich konnte nicht mehr schlafen. Bald marschierte Örnibert mit seinem Herrn vorbei. Örni verriß sich fast das Maul, er wollte mir einiges mitteilen, doch ich beachtete ihn kaum, kannte ich doch sein ganzes Repertoire, meine Gedanken waren bei Puella.

An diesem Tage konnte ich sie nicht sehen, meine Leute wollten mit mir nach Rügen. Zu jeder anderen Zeit hätte ich mich darüber gefreut, ich ging gerne mit beiden zusammen aus, doch jetzt gab es Wichtigeres für mich. Ich zeigte Örnibert, daß er für mich gar nicht existent sei, und wendete mich einfach ab. Im rückwärtigen Spiegel sah ich, daß er an Nachbars Zaun urinierte, seine Art, mir seine Verachtung zu zeigen.

Es wurde dennoch ein schöner Tag, wir fuhren mit einem Wassertaxi hinüber nach Hiddensee, die Gischt spritzte uns nur so um die Ohren, es war ganz lustig. Das Wetter spielte mit, und wir liefen um die ganze Insel herum. Einige Artgenossen trafen wir, manche waren freundlich, andere wollten sofort Krach. Dem ging ich gern aus dem Wege, ich biß nur mal zu, wenn es gar nicht anders ging. Die Rückfahrt auf das Festland machten wir auf einer Fähre. Das alles ging mir einfach nicht schnell genug, am liebsten hätte ich mich mit einer Rakete hinüber befördern lassen oder wäre geschwommen. Tatsächlich bildete ich mir ein, schneller zu sein als die Fähre. Bestimmt, dachte ich, man müßte es einfach mal probieren, so ein Motor, der vom Herzen angetrieben wird, den überholt niemand ...

Mein Herrchen muß meine Gedanken erraten haben, er kontrollierte mein Halsband und auch den Karabinerhaken an der Leine. Ich hätte Puella liebend gern an diesem Abend gesehen, doch wir kamen viel zu spät an. Müde waren wir alle drei, der Tag war gelaufen. 'Morgen', dachte ich, bevor ich einschlief.

In dieser Nacht erlebte ich einen Alptraum, Puella verhöhnte mich, und sie zog ausgerechnet mit meinem ärgsten Feind, dem Örnibert, durch den Wald.

Ich war total fertig, als ich erwachte, deshalb lief ich gleich nach dem Frühstück in den Wald, nicht auf den Affenberg. Meine Gedanken befaßten sich nur mit Puella und das verlieh mir Flügel, in meinem Bauch flatterten Schmetterlinge, mein Gott, war ich aufgeregt. Wenn sie mir das entgegenbrachte, was ich für sie empfand, dann müßte ich sie hier treffen. Und wirklich, das Schicksal spielte mit, es meinte es gut mit uns, wir trafen uns. Stolz stand sie an einer Wegbiegung, die Sonne ließ das pechrabenschwarze Haar glänzen, als sei es gewienert worden, sie war ganz einfach schön. Puella bebte vor Erregung, der Funke war also übergesprungen.

Wir liefen, wie verabredet, nebeneinander her, bis in die Heide, dort setzten wir uns auf einen Felsvorsprung und konnten so das Meer übersehen. Beide sprachen wir kein Wort, die Freude war zu heftig, hätte ich das Maul aufgemacht, ich hätte sowieso nur gestottert ...

Unten am Strand lief ein Mensch mit einem Artgenossen. Sie spielten das alte klassische Spiel "Stöckchen werfen". Der Mensch schmiß immer noch einmal das Stöckchen ins Wasser, und der Spezie sprang immer noch einmal ins Wasser, um das Ding zu holen und zu apportieren. Ich kannte beide nicht. Puella hatte mich beobachtet. "Urlauber", sagte sie und verfiel dann wieder in Schweigen. "Stimmt", meinte ich, "die ersten Urlauber sind bereits da." Wir sprachen beide wenig, tasteten einander vorsichtig ab. Was sollte ich ihr auch sagen, daß ich sie schön fand? Wie dumm. Ein paar Menschen spazierten durch die Heide. Auf gleicher Höhe mit uns blieben sie stehen. "Paul, Hermann", sprach ein Dritter die Genannten an, "kommt bloß mal her, habt ihr so etwas schon gesehen? Mir verschlägt's die Sprache, was für schöne Tiere!"

Paul und Hermann waren näher gekommen, sie betrachteten uns, als wollten sie uns zum Schlachter bringen. Puella knurrte, zähnefletschend sah sie die Männer an, im Hintergrund schrie eines der Kinder. Die Mütter trieben ihre Kinder weiter in die Heide hinein, und die Männer folgten ihnen.

"Sie sollen uns in Ruhe lassen", meinte Puella und wendete sich wieder dem Wasser zu ... Ein kleiner Junge hatte sich aus den schützenden Armen der Mutter befreit und kam zu uns gelaufen. "Bloß mal anfassen", rief er seinen Eltern zu. Der Vater kam hinterher, erwischte das Kind am Arm und dann dozierte er mit erhobenem Zeigefinger: "Hunde sind gefährlich, möcht' wissen, wer die hier einfach so aussetzt, können wer weiß was anstellen, man liest doch täglich drüber, immer wieder werden Menschen gebissen, vornehmlich kleine Kinder. Hörst du, Alex, faß mir so was nicht mal an."

"Die nicht", schrie der Bengel und wollte sich losreißen. Nützte aber gar nichts, Vater war stärker.

Endlich verkrümelten sich die Wanderer und es wurde wieder ruhig. Auf jeden Fall hatten sie die Harmonie gestört.

"Tja, dann will ich mal, ich kann nicht länger wegbleiben, dann machen sie bei uns wieder den Zaun dicht, haben ewig Angst um mich." Sie war aufgestanden, um sich von mir zu verabschieden. Als sie so ganz nahe bei mir stand, überfiel es mich wie ein Feuersturm, ein funkensprühender Feuersturm. Ihre Bewegungen setzten mich hellodernd in Brand, sie hatte etwas, was ich nicht benennen kann, eine Ausstrahlung ganz besonderer Art. Ich war wie gelähmt, konnte ihr nicht einmal etwas sagen.

Noch nachdem sie gegangen war, bebte ich vor Erregung am ganzen Körper, ich war total erschöpft.

Als endlich wieder Leben in meinen Körper kam, lief ich schnell noch einmal zum Affenberg, nur dort konnte ich meine Ruhe wieder finden.

Ich war nicht allein, Scholle saß oben und schaute auf's Wasser.

"Hi, Boris", rief er mich an.

"Hi, Scholle", antwortete ich, "geht's gut?"

Wir legten zur Begrüßung beide die Pfoten aneinander, so richtig wie zwei alte Freunde. Scholle tat mir gut im Moment, er lenkte mich ein wenig ab.

"Schwer verliebt?", fragte er mich.

"Hm, hat mich voll erwischt."

"Kann ich verstehen", antwortete Scholle und starrte irgendwie verlegen auf den Boden. Ich mußte daran denken, wie Örnibert, dieses gemeine Luder, meinen Freund entmannt hatte.

"Du bist jung, Boris", begann er nach einer kurzen Pause, "und du bist kräftig, außerdem sehr gut aussehend, das mögen die Weiber", fuhr er fort. Trotz aller Emanzipation, sie haben gerne einen starken Typen an ihrer Seite. Ich kann es dir nicht verübeln, das mit Nelli ist Vergangenheit. Du wolltest ihr helfen, leider, es hat nicht geklappt. Wie gesagt, Vergangenheit. Vergangenheit ist, was bereits hinter uns liegt, das sind wir, aber wir leben jetzt, und morgen und übermorgen, das ist vielleicht unsere Zukunft. Wie lange? Niemand weiß es. Boris, lebe." Er schlug mir kameradschaftlich auf die Schulter. Bei seinen Worten wurde mir ganz warm. Guter, alter Scholle. Er war einfach weise und sein Fell schon fast grau. Diese Weisheit hat man nicht, man erwirbt sie sich, vielleicht durch Entbehrungen? Vielleicht durch Kämpfe?

Trotz allem, Scholle war noch immer ein starker Typ, er vermittelte mir so viel von dem, was er sich an Weisheit erworben hatte. "Ja", philosophierte er laut, "du bist stark, mein Boris. Spüren andere, daß du stark bist, dann sind sie vorsichtig, dann halten sie sich zurück. Bist du aber schwach, dann greifen sie an. Sie machen es vorsichtig, sie wollen deine Hilfe, vielleicht sogar dein Mitleid. Du merkst es nicht, denkst immer, sie brauchen dich, sie saugen das Letzte aus dir heraus, sie fressen dich. Es wird nicht immer ganz leicht sein, lieber Boris, aber du kannst es, denke immer an meine Worte. Lebe!"

Ich hatte ganz still dagesessen und seinen Worten gelauscht, er hatte ja so recht, ich nahm mir fest vor, nach diesem Prinzip zu leben.

Noch wußte ich nicht, daß ich seine Ratschläge noch heute befolgen sollte.

Es fing ein wenig zu regnen an, und ich beeilte mich, heimzukommen. Meinem Freund sah ich dankbar in die Augen und sagte ihm nur: "Danke". Er gab mir einen freundschaftlichen Klaps, und ich rannte den Affenberg hinunter. Auf der schlecht gepflasterten Straße standen Spritzwasserpfützen, darin wurden Regenbogen sichtbar, der Regen hatte wieder aufgehört, und die Sonne kam hervor. Scholles Worte beschäftigten mich den ganzen Heimweg. Unbewußt umging ich die Pfützen.

Ich mochte noch nicht gleich hineingehen, es gab da noch ungeheuerlich viel zu denken, ich war voll mit Rätseln und Problemen, bis an den Hals.

Durch das Küchenfenster sah ich, daß auch sie Probleme hatten. Die beiden hatten offensichtlich eine heiße Diskussion, Juppi sprach mit Armen und Beinen, da war es schon angebrachter, wenn man sich gar nicht sehen ließ. Ich wollte auch noch ein bißchen an Puella denken, mein Gott, war ich verliebt.

Mit einem Male überfiel mich der Gedanke an Puschkin, ich wollte ihn doch besuchen, hatte üüüberhaupt nicht mehr an ihn gedacht. 'Nachher', sagte ich mir, 'gleich nach dem Mittagsmahl, ganz bestimmt.'

Die Diskussion in der Küche schien beendet, denn Juppi kam zu mir heraus, er kraulte mein Fell, und ich genoß es. Ganz schnell bemerkte ich, dieses Kraulen war nicht ganz ohne, er hatte ein Problem. Er beugte sich zu mir herunter, als wollte er etwas sagen, ließ es aber wieder. Das machte er zwei-, dreimal, ehe er mit seinem Anliegen herauskam. Was stotterte er sich bloß zusammen, sollte er doch endlich reden.

"Mein Boris", begann er endlich, "mein Hund" – und dann Stille.

Was der nur wieder hatte, ich wurde schon mächtig neugierig, wollte er mich verkaufen oder gar ins Heim bringen? Warum sprach er nicht weiter?

Doch dann endlich legte er los, er sprach so schnell, ich konnte ihn fast nicht verstehen.

"Es ist nur zum Guten für dich, und du wirst deine Freude daran haben. Wir bekommen heute Besuch, und die bringen ein ganz liebes Tier mit, genauso lieb wie du. Frauchen muß dich nachher noch gleich bürsten, feinmachen, weißt du?"

Also wegen eines Artgenossen brauchte der nun wirklich nicht so einen Aufstand machen, ich würde dem schon nichts tun.

"Ein Mädchen ist es, Boris, du sollst Vater werden", das schrie er total begeistert hinaus. Er riß mich in seine Arme, und ich glaube, hätte ich mich nicht gewehrt, er hätte mich geküßt. Ich traute meinen Ohren, in denen er gerade herumknuppelte, nicht, war der verrückt geworden? Zum einen benahm er sich, als würde er Vater und zum anderen würde ich mir selber aussuchen, mit wem ich Kinder haben wollte, nicht mit so einer Dahergelaufenen und auch noch für Geld, denn das tun sie. Ich liebte Puella und wenn ich Kinder haben wollte, dann von ihr.

Mir reichte es, ich verzog mich nach hinten in den Garten. Schade, ich hatte im Moment nicht ein Stück Leder. Beim Lederkauen hatte ich sowieso alles besser im Griff. Ich nahm mir vor, mir ganz bald etwas zu besorgen, allerdings mit Schuhen war das so eine Sache, sie merkten es immer so schnell. Die Banktasche fiel mir ein, die brauchte Juppi nicht so oft, es würde dann nicht so schnell auffallen, hm, das müßte gehen. Gleich nachher würde ich sie mir aus dem Büro holen, ich hatte sie dort auf einem Stuhl gesehen. Juppi war eben ein Fussel und schmiß alles immer irgendwohin, ihm tat eine Lektion mal gut. Ich war so wütend auf ihn.

Trotzdem – vorhin, als er ins Haus ging, schien er mir ganz schön zusammengesunken, vielleicht hat er sich wenigstens ein bißchen geschämt, wollte wegen des schnöden Mammons mich, seinen besten Freund, verkaufen. Beim Menschen hört die Freundschaft auf, wenn es um Geld geht. Ich kann mir nicht denken, daß er der Meinung ist, ich hätte Freude an diesem Handel. Das wäre ein großer Irrtum gewesen, besonders in meinem jetzigen Zustand, ich liebte Puella. Juppi war unruhig, er lief immer wieder zum Fenster und sah hinaus und dann endlich hielt der Wagen vor unserer Tür. Die Dame stieg zuerst aus und ging auf unser Grundstück zu. Was heißt, ging? Sie rauschte kettenrasselnd, den Artgenossen hinter sich herziehend, heran. Für diesen Tag hatte sie sich alles, was in ihren Schubladen an Schmuck zu finden war, angelegt. Immer nach dem Motto: 'Man ist ja wer'.

Meine angebliche Braut zog und zerrte an der Leine, hatte wohl auch keine Lust zum Heiraten. Dieses Zerren brachte die Dame mit den sehr hohen Absätzen fast zu Fall, wenn da nicht der Mann gerade aus dem Auto gekommen wäre und sie aufgefangen hätte. Nun hatte sie nur noch einen Absatz. Juppi nahm sie unter den Arm und führte sie ins Haus, dort erwartete Tina sie bereits. Die Männer hatten draußen noch ein kurzes Gespräch, doch dann kamen auch sie herein.

Ich hatte genügend Abstand genommen und betrachtete zuerst mal meine Braut, und ich muß sagen, mein Urteil fiel nicht schlecht aus, zu jeder anderen Zeit hätte ich es mir sicher anders überlegt, jetzt jedoch wollte ich ihr keine Hoffnungen machen, deshalb ignorierte ich sie einfach. Mein Kopf war nicht frei, darin spukte Puella herum. Sowieso, ich verachtete es, wenn so ein hübsches Ding sich einfach so preisgab.

Ich war nun mal auf Opposition eingestellt, und in meinem Gehirn reiften schon mal gewisse Pläne. Genau wie, wußte ich noch nicht, aber ich wußte, aus dieser Misere würde ich herauskommen. Juppi und Tina beachteten mich nicht, verständlich, denn mit dem Gewissen? Außerdem hatten sie reichlich mit den Angekommenen zu tun. Jetzt hatte sich auch noch die Leine um ihre Beine gewickelt. Warum nur ließ sie die Hündin nicht los? Ich sah gespannt zu, irgendwann mußte sie auf die Schnauze fallen bei den unterschiedlich hohen Schuhen, warum zog sie die nicht einfach aus? Ich fuhr, wie von einer Tarantel gestochen, zusammen, als diese Frau auf mich zu gehumpelt kam. Sie stellte sich neben mich und schrie einfach los: "Alexandro, Alexandro, schau her ... das muß er sein, der Boris!" Sie zeigte mit einem Finger auf mich. "Oder nicht?", wandte sie sich an Juppi.

"Hm", der nickte nur, der wagte gar nicht, mich anzusehen.

"Alexandro", fuhr sie fort, "das werden Babys, was sage ich, das werden die schönsten Tiere, ich werde mit ihnen auf Ausstellungen gehen, werde die Welt bereisen, Champions werde ich aus ihnen machen, Zeitungen werden von ihnen berichten. Und Fernsehen, wir werden ins Fernsehen kommen. Oh mein Gott, nicht auszudenken, die ganze Welt wird sich nach ihnen reißen. Alex, wir werden reich."

"Ja, Anna", meinte Alexandro, "vorher komm aber erst mal runter von deinen rosaroten Wolken. Natürlich ist der Boris schön, unsere Monika auch. Du wirst es schon machen, Anna, da hab ich gar keine Sorge, du schaffst es."

Zu meinen Leuten machte Alexandro eine zuckende Schulterbewegung, als wolle er sagen: 'Vergebt ihr'.

Nun wußte ich also, wie meine Braut hieß, und ich wußte auch, wie die in Ketten liegende Dame hieß.

Tina unterbrach das Gespräch und lud die Gäste zu einer Tasse Kaffee ein, sie meinte, nach so einer langen Fahrt, es waren immerhin fast tausend Kilometer, müßten sie sich erst mal bei einer Tasse Kaffee erholen. Sie stellte ausgerechnet meine Lieblingskekse auf den Tisch. ---

Ich lief ganz schnell noch mal auf den Affenberg, dort hatte ich mit Scholle ein kurzes, aber ernstes Gespräch. Als ich zurückkam, lief ich hinten herum durch die kleine Pforte. Sie hatten meine Abwesenheit nicht einmal bemerkt. Wie es aussah, wollten sie gerade zur Tat schreiten.

"Müssen wir alle dabei sein, auch wir Frauen?", fragte Tina.

"Nöh, müssen nicht, genügt, wenn wir Männer dabei sind", antwortete Juppi und sah Alexandro an. Der schüttelte den Kopf. Juppi rief mich, und ich folgte. Na denn, dachte ich, wenn ihr es so haben wollt. Alex hielt die Hündin fest an der Leine. Also ab in den Waschraum, so hatte es Tina befohlen, sie sorgte sich um ihre Teppiche, im Wirtschafts- oder Waschraum lief man auf Fliesen. Manches Mal hätte ich mir schon fast die Beine gebrochen, wenn die Fliesen naß waren, waren sie wie eine Eisbahn. Tina hatte vorgesorgt und ein Badehandtuch in die Mitte des Raumes gelegt. Ich denke, sie stammt aus einer Zirkusfamilie, vielleicht war sie mal in früherer Zeit eine Hochseilakrobatin gewesen. Die Männer machten die Tür hinter sich zu, ließen die Frauen draußen. Endlich befreite Alex die Hündin von der Leine. Er führte sie auf das Badetuch und gab ihr in barschem Ton den Befehl, dort stehen zu bleiben. Ich sah es ihr an, sie war Befehle gewohnt, in diesem Moment tat sie mir unendlich leid. Warum nur ließen uns die Menschen nicht selber entscheiden, wann, wie und warum? Ich mußte an Scholle denken, von wegen Knechtschaft und so. Man muß alles mit sich geschehen lassen, dann ist man ein guter Hund. Gerade das wollte ich nicht.

Sie hatten alles bis ins Kleinste vorbereitet, doch nicht mit mir, ich hatte meinen eigenen Plan. Moni sah mich ängstlich an, und die beiden Männer sahen mich an, und zwar sehr erwartungsvoll. Ich empfand das hier als taktlos, ich wurde herausgefordert, und ich würde es ihnen schon zeigen. Man mag mir verzeihen, nicht ich habe es so gewollt, meine Gedanken waren bei Puella. Sie feuerten mich auch noch an, ähnlich mag es bei einem Stierkampf vor sich gehen.

Ich mußte es also tun, Monika stand still, als wäre sie ausgestopft. Also begann ich mein Werk. Zuerst ganz langsam, ich ließ mir richtig viel Zeit. Monika wimmerte leise. Die beiden Männer schauten sprachlos zu, sie waren einen Schritt zurückgetreten. Nach der ersten Runde sah ich ihnen herausfordernd ins Gesicht.

'Habt ihr es so gewollt?', hätte ich ihnen gerne gesagt. Sie rührten sich beide nicht vom Fleck, ich glaube, 'Schock' nennt man so etwas. Da sich ihrerseits nichts tat, begann ich die zweite Runde. Ich ging ganz langsam um Moni herum und hob ab und zu ein Bein. Kurz gesagt, ich bepiescherte sie von allen Seiten, von oben bis unten, von vorne bis hinten. Sie tat mir leid, wie sie so dastand und wimmerte. Nach der dritten Runde lief der Saft von ihrem Fell herab auf den Boden. Bei den beiden Männern hatte sich die Starre gelegt, sie hatten ihren Schock überstanden. Als Alexandro auf mich einschlagen wollte, öffnete Juppi die Tür nach draußen, und ich stürmte in den Garten. Juppi kam mir nach, er pfiff die italienische Nationalhymne. Ich frage mich manchmal, ob er die deutsche wohl auch kennt.

Als ich in seinen Augen das Blitzen sah, wußte ich, er war mir nicht böse ... Ich dachte, er war froh, daß diese Heirat nicht vollzogen wurde.

Vom Haus her kamen kreischende Frauenstimmen. Juppi wollte losrennen und Tina zur Hilfe eilen, da bekam er einen saumäßigen Krach mit Alexander. Pussel war irgendwo aufgeschreckt worden, sie rannte an mir vorbei und hinauf auf ihren Lieblingsbaum. Anna nahm ihre völlig durchnäßte Monika an die Leine und ihren Kopf in den Nacken, so zog sie kettenrasselnd davon. Alexandro folgte ihnen. Voller Rachegedanken und Wut im Bauch wollten sie das Grundstück verlassen, doch da standen sie alle vor ihnen und versperrten ihnen den Weg. Scholle, Marcus, die Airedales und die Whippets. Scholle hatte perfekte Arbeit geleistet, er hatte sie alle in kürzester Zeit zusammengetrommelt.

Ganz schnell rührten sie eine riesige Beißerei an, es ging zu wie bei niedrigsten Straßenkötern. Moni konnte sich nicht einmal richtig wehren, Anna hielt sie so fest an der Leine. Trotz-

90

dem biß sie mutig um sich. Einer der Whippets biß Anna ins
Bein. Die Schreierei nahm kein Ende. Anna zog Moni hinter
sich her, Anna hatte auch ihren zweiten Schuh verloren. Endlich verschwand sie im Auto, fast hätte sie Monika noch den
Schwanz eingeklemmt. Alexandro griff sich die Leine und haute
wütend auf meine Freunde ein, und die verkrümelten sich bald
in Richtung Wald.

Der Motor des Autos sprang an und dann wurde noch einmal
das Fenster am Fahrersitz heruntergedreht.

"Sie werden von uns hören!", schrie Alexandro. Damit brau-
ste er ab wie Schumi.

Prinzessinschuh = Knusperschuh

Ich war inzwischen näher herangekommen und hatte das ganze Spektakel verfolgt, von ganzem Herzen gönnte ich ihnen diese Schlappe, nur die Moni tat mir leid, sie konnte nichts dafür. Ich glaube, Tina und Juppi waren genauso froh wie ich, sie lagen sich in den Armen. Sie sprachen noch lange über diese Hochzeit, bei jeder Gelegenheit gaben sie es zum besten ...

Marcus meinte später: "Boris, dafür habe ich kein Verständnis, die war doch so süß, also ich hätte ..."

Ich wandte mich ab, wußte auch so, was er getan hätte.

Übrigens, den zweiten Schuh von der Anna habe ich mir gegriffen, in der allgemeinen Aufregung wurde es nicht bemerkt. Anna war nur mit einem halben Schuh abgezogen, denn der war ja schon lädiert und ohne Absatz.

— — — — —

Ich saß allein auf dem Affenberg und ließ die letzte Zeit im Geiste an mir vorbeimarschieren, eine unruhige Zeit. Ich starrte auf das Wasser, auch das war unruhig, und dann wendete ich mich dem Wald zu. Ein etwas unheimlicher Abend, der Wind blies durch die knorrigen Kiefern, die Äste bewegten sich spukartig in der Dämmerung. Gespenstische schrille Laute – wie Totenklagen armer Sünder – drangen herauf zu mir. Hinter mir raschelte es und dann stand Scholle vor mir.

"Hi, Boris!"

"Hi, Scholle!"

Er setzte sich neben mich und nun lauschten wir beide in den Wald.

Plötzlich lachte Scholle. Ich sah ihn an wie einen Geist, ich habe ihn noch nie lachen gehört. Ich muß ein fürchterlich komisches Gesicht gemacht haben, er lachte und lachte, bis er sich verschluckte.

"Nee, Boris, nee, ich darf gar nicht dran denken." Er hustete und schluckte immer wieder, in seinen Augen standen Tränen, wie ich sie noch nie gesehen hatte, ich sage einfach mal Lachtränen dazu.

"Ich kann es immer noch nicht fassen, wie du die abserviert hast, ich denke, es ist einmalig in der Tiergeschichte, so was gibt's nie wieder. Ich sehe immer wieder, wie sie humpelnd mit dem Mädchen an der Leine abzog, mit so viel Hoffnungen waren sie gekommen, du hast alles zunichte gemacht. Boris, wie sah die aus, von oben bis unten klitschenaß, echt wie ein begossener Pudel ... Naja, begossen schon, Pudel nicht. Hast du toll gemacht. Boris, weißt, zuerst fand ich es gar nicht so toll, aber jetzt im nachhinein ..."

"Hör auf, Scholle."

"Nee, Boris, nee, das geht in die Geschichte ein."

"Hast du kein anderes Thema?", fragte ich ihn.

"Doch, ich denke, wir müßten mal eine außerordentliche Versammlung einberufen, schon wegen der Neuen, sie müssen ordentlich eingeführt werden. Dann sind da sowieso noch einige andere Punkte, die wir besprechen müssen." Er hustete immer wieder noch einmal. "Würdest du sie herbitten, Boris?"

"Klar doch, und wann?"

"Gleich morgen, denke ich."

Ich lauschte noch einmal in den fast dunklen Kiefernwald, überall knackte es.

"Dann lauf ich jetzt", sagte ich.

Scholle nickte, er hatte sich wieder beruhigt. Ich wußte, das Kapitel war noch lange nicht abgehakt. Ich würde noch oft darauf angesprochen werden, die Kollegen würden sich noch lange darüber amüsieren.

Tina öffnete die Tür, als ich daran kratzte. Sie betrachtete mich so eigenartig, ich denke, verstanden hat sie mich nicht. Wie sollte sie auch wissen, daß ich bis über beide Ohren verliebt bin? Zu Juppi hatte sie gesagt: "Ich bin froh, daß es so gekommen ist, schreckliche Leute waren das."

Juppi hatte das bestätigt und nahm mich in den Arm.

"Unser lieber Boris bis du, wir haben dich so, wie wir dich möchten, hast schon genug mitgemacht, mein Jung."

Mit der Versammlung war auf dem Affenberg wieder Leben eingekehrt. Sie waren alle gekommen, unsere Freunde, die Airedalerüden, der Marcus, die Herren von der schreibenden Zunft, Loens, Klopstock und Hauptmann. Puschkin war nicht anwesend, war wohl kranker als ich dachte. Ich hatte ihn noch immer nicht besucht, jetzt meldete sich bei mir das schlechte Gewissen wieder einmal. Morgen endlich, morgen wollte ich ihn besuchen, nichts sollte mich davon abbringen. Und natürlich Scholle war da, er war es ja gewesen, der diese Versammlung einberufen hatte. Er hatte wieder seinen Stammplatz eingenommen und lud mich ein, mich neben sich zu setzen. Sie saßen alle im Kreis um uns herum und warteten auf die Dinge, die da kommen sollten. Einige konnten ihr Maul nicht halten, deshalb hüstelte Scholle vernehmlich und so war auch der Letzte ruhig, natürlich Rüdiger.

"Ich denke", begann Scholle und setzte eine sehr wichtige Miene auf, "zuerst erheben wir uns alle und legen eine Schweigeminute für unsere toten Freunde ein. Da war unsere liebe Nelli, die sie in einer Versuchsanstalt fertiggemacht haben, unseren Rettungsversuch hat sie nicht überlebt. Boris und Marcus haben ihr Leben für sie aufs Spiel gesetzt, umsonst. Und da war unser Freund Max, auch ihm gilt unsere Trauer. Wie ihr wißt, kam Max bei einem schweren Sturm ums Leben, er wurde über Bord gespült, das Meer brauchte wieder einmal ein Opfer."

Ich hüstelte ein wenig, das stimmte doch gar nicht. Scholle sah mich streng an, und ich hielt das Maul. Auch Marcus wußte, daß das nicht stimmte, er sah zu mir herüber und blinkerte mir zu.

Wir wußten beide, daß Max für zwei Seiten gearbeitet hatte, und Scholle wußte es auch. Später erklärte er, er hätte so handeln müssen, das sei höhere Politik, die anderen brauchten nichts wissen von dem Unfall. Er nannte den Tod von Max "Unfall".

"Du wirst manches anders sehen, als es ist, Boris, wenn du meinen Posten übernommen hast. Denke nur nicht, daß im Krieg alle den Heldentod sterben, manchmal ist es ein Unfall."

Sie standen alle eine Gedenkminute lang mit gesenktem Kopf da, sie dachten nicht an den Verblichenen, ich wußte es, sie alle mochten Max nicht, nein, sie dachten an einen schönen Knochen oder an Weiber.

Gleich nach der Schweigeminute wurde es sehr lebhaft, es wurden viele Fragen aufgeworfen. So fragte zum Beispiel Rüdiger: "Wo sind denn die beiden Flüchtlinge, der Dackel und der Terrier, die Max in der Fischerhütte betreute? Ja, wo sind die geblieben?", fragte Rüdiger.

"Ist nicht unsere Sache", meinte Marcus.

"Sieht aus, als wären sie ins Heim gekommen, sie waren schon fort, bevor Max verunglückte. Bei mir in der Hütte waren sie schon lange nicht mehr. Also ich kann es nicht sagen", erklärte Scholle. Er war reichlich nervös und sah zum wiederholten Male auf die Whippets. Sie brachten viel Unruhe, alle Augenblicke stand einer auf und lief zum Steilhang, um da hinunter zu gucken. Die anderen zwei folgten. Was die zur zappelten, diese dünnen Beinchen und immerfort in Bewegung, konnten die nicht mal ein paar Minuten stillsitzen? Trotzdem, sie waren liebe Artgenossen, ich mochte sie, und sie waren keinen Moment langweilig. Sie waren wie ich für die Jagd bestimmt, vielleicht deshalb die Sympathie.

"Was ist mit Örnibert?", erkundigte sich Robinson.

"Die Frage kann Boris beantworten", sagte Scholle.

"Örni? Ja, der ist frech wie eh und je", sagte ich. "Wenn er morgens an mir vorbeiläuft, schreit er noch immer und immer wieder denselben Quatsch, ich sei ein Scheißwessi na und so allerhand, nichts Neues, sein Repertoire ist erschöpft, in seinem Kopf ist schon lange nichts mehr."

"Gar nicht beachten", meinte Scholle. "Übrigens, da wären wir bereits bei dem Thema, ich dachte, wir würden mal langsam wieder ein bißchen Sport treiben." Er sah sich in der Runde um. "Da sind die Zugänge, die neuen, und da ist die Stammcrew, ich denke, wir sind ganz schön langsam geworden, momentan gar nicht mehr einsatzfähig. Ja, so möchte ich sagen. Was meinst du, Boris?"

"Tja, ich? Ich weiß nicht so recht, ich habe Volker auch lange nicht gesehen, müßte mich mal drum kümmern, ich werde einfach mal zu ihm gehen, der freut sich bestimmt. Mal sehen, seine Schule ist schon gut."

"War mal jemand bei Puschkin? Wie geht es ihm?"

Bei dieser Frage sah Scholle mich durchdringend an.

Auweia, Puschkin, ich wollte ihn doch besuchen, immer kam etwas dazwischen.

"Scholle, du allein weißt, was ich um die Ohren hatte die letzte Zeit. Ich werde hinlaufen, ja, ich laufe heute noch zu Puschkin, mir liegt das doch auch an, er ist so ein lieber Kerl. Versprochen. – Hast du was gehört, Scholle, was macht die andere Partei? Max ist weg, von Alex weiß kein Hund was, und Örnibert, der Behinderte, der kann eben gerade noch seinen Badetuchmenschen begleiten und das fällt ihm schon verdammt schwer."

"Halt, Boris!" Marcus war es, der sich einmischte. "Die haben da einen Neuen, soviel ich weiß, einen von diesen Bullterriern. Ein mieses Stück, möcht' mit dem nichts zu tun haben. Soll schon so manchem den Garaus gemacht haben."

"Woher haben die bloß immer diese Ungeheuer?", überlegte Scholle laut.

"Die sind jetzt überall", mischte sich Loens ein. "Überall sind diese Schmeißfliegen. Aufgrund ihrer komischen Zähne glauben sie, alle zu beherrschen, im Kopf haben sie nichts."

"Stimmt genau", meinte Klopstock. Sein Bruder Hauptmann nickte eifrig: "Haben wir fertiggemacht, nicht mit uns, wir haben da den besonderen Griff. Nicht Loens?" Er sah seinen Bruder erwartungsvoll an. Der nickte: "Hm, hab mal so einen fertiggemacht."

"Du?" Diese Frage kam aus einigen Mäulern zugleich.

"Ja, er", beeilte sich Klopstock, zu versichern. "Sieht gar nicht so aus, unser Bruder, unsere Art setzt sich dem Gegner einfach auf den Rücken, muß natürlich schnell gehen, der andere darf gar nicht zum Nachdenken kommen, ein Biß von hinten in den Hals, und er ist erledigt, der sagt nichts mehr."

Aller Augen waren respektvoll auf die Whippets gerichtet, so recht konnte es keiner glauben, diese feingliedrigen Artgenossen.

"Schaut nicht so, ihr könnt euch drauf verlassen, es ist genau, wie Klopstock es sagt. Genauso ist es, gerade weil wir so fein sind und so leicht, es traut uns keiner zu, niemand erwartet es von uns und dann sehen sie uns an, die Augen weit aufgerissen, kalte verwunderte Augen aus dem Jenseits, sagen können sie nichts mehr ..."

"Pff", machte Scholle, "dann seid ihr also Profis, Spezialisten. Können wir gut gebrauchen, die Bande arbeitet mit unerlaubten Mitteln, es ist nicht zu fassen, jetzt haben sie sogar Bullterrier."

"Die fürchten wir nicht", meinte Hauptmann und setzte sich in Positur.

"Ist in letzter Zeit mal etwas vorgefallen, was ich gern wissen möchte? Ich meine, ich war eine ganze Zeit nicht da, hat die Bande Örnibert mal wieder was angestellt? Wer ist da jetzt der Vorsitzende? Örnibert doch wohl nicht mehr! Alex ist weg, Max war immer nur im Untergrund. Wer ist es?", fragte ich.

"Ein gewisser Luzifer", antwortete Scholle.

"Also ein Teufel. Paßt zu denen."

"Wir brechen niemals einen Streit vom Zaun, wir antworten nur, wenn wir angegriffen werden", bestimmte Scholle in reichlich energischem Ton. "Habt ihr mich verstanden?"

"Ja, ja", tönte es wie verabredet aus allen Mäulern.

"Da ham'se einen Dackel getötet und seinen Leichnam einem Schäfer vor die Hütte gelegt. Was denkt ihr, was der Besitzer macht?" Loens schaut sich nach allen Seiten um: "Der hängt das arme Ding einfach an einer Wäscheleine auf und schlägt ihn mit einem dicken Knüppel, bis er tot ist, der hatte keinem was getan."

"Die Welt ist schlecht!" Scholle sprach es recht verbittert aus.

"Ich habe mir diesen Luzifer auf die Fahnen geschrieben", meinte Loens weiter, "es schreit geradezu nach Vergeltung, niemand wird mich davon abhalten." Er sah Scholle an. Der sagte nichts. Scholle sah mich an. "Boris, du kümmerst dich um den Sport, ja?"

"Klar doch, versprochen, Scholle."

"Ja, ich muß denn mal", meinte Scholle, "muß mich mal um meinen Alten kümmern."

Es wurde noch eifrig diskutiert, als wir den Affenberg hinunterliefen. Unten angekommen, liefen wir in verschiedenen Richtungen davon. Marcus lief noch ein Stück schweigend neben mir, ich wußte, er dachte an den erschlagenen Spezie, ein Schäfer, genau wie er.

Mein Herrchen war bereits seit drei Tagen auf Dienstreise, Tina hatte nicht so gern, wenn Herrchen wegfuhr, sie war nicht gern allein. Unverständlich für mich, ich war doch auch noch da, wenn ich auch viel um die Ohren hatte. Wenn ich ganz ehrlich bin, kam ich nur zu den Mahlzeiten und zum Schlafen.

Es war wieder einmal spät geworden, und ich denke, sie hatte es aufgegeben, auf mich zu warten.

Ich hatte Glück, die Kellertür war nur leicht angelehnt, ich schlüpfte schnell hinein. Der Raum war so richtig schön huschelig. Eine Liege mit einer warmen Decke drauf stand immer bereit, Juppi legte sich manchmal darauf, um mal etwas auszuruhen. Es war sein Hobbyraum, hier verbrachte er die größte Zeit, wenn er im Hause war. Ich konnte wunderbar übernachten hier, und ich brauchte Tina nicht stören. Übrigens, Pussel lag schon auf der Liege. Wie die aber auch immer sofort ausmachte, wo es schön war. Sie tat, als bemerke sie gar nicht, daß ich hereingekommen war. Von diesem Raum ging eine mit Teppichboden ausgelegte Treppe nach oben in die Küche ... Man mußte durch die Küche, wenn man ins Eßzimmer wollte. An das Eßzimmer grenzte das Wohnzimmer. Ein kleiner Flur trennte das Wohnzimmer vom Schlafzimmer. Das hatte ich ja schon oft beschrieben, die große Glastür und so, die direkt nach draußen führte. Man kann auch Fenster dazu sagen. Hier pflegte ich täglich meine Morgenandacht zu halten, die darin bestand, meinen Erzfeind Örnibert zu beobachten und zu überwachen. Örnibert war noch immer meine Achillesferse, das würde auch so bleiben, er war kein Hund in meinen Augen, Örni war ein Schwein. Hinter mir standen die Ehebetten, in die sich einst mein Freund Scholle niedergelassen hatte. Meine Leute hatten sich dort nach einer Generalreinigung wieder eingelebt, und ich hoffe, vielleicht hatten sie auch meinem Freund Scholle verziehen.

Ich lag im Hobbyraum auf der Pritsche, alle viere ausgestreckt, dazwischen Pussel, wir hatten uns so aneinander gewöhnt, wir gehörten ganz einfach zusammen. Das hat nichts mit anderen Katzen zu tun, die werde ich weiterhin jagen. Pussel ist eben was ganz Besonderes und letztendlich hat sie die Gefangenschaft mit mir geteilt. Manchmal denke ich, es könnte ein Fehler von da oben sein, und Pussel sollte meiner Art angehören, warum sollte er sich nicht auch einmal irren, unser Hundegott ...

Ich konnte nicht schlafen, Pussels Barthaare krabbelten mich jedesmal, wenn sie ausatmete. Außerdem mußte ich immerzu an Puschkin denken, ein lieber Kerl, dieser Puschkin. So groß, so stark und so gutmütig, warum mußte er so leiden? Ich fand es nicht gerecht. Mein Besuch bei ihm hatte ihn sehr gefreut, ich glaube, Puschkin mag mich auch. Wir haben uns gut unterhalten, er wollte so vieles wissen. Ich war richtig froh, daß ich mich aufgerafft und ihn besucht hatte ... Er zeigte mir seine Beine, die ihm so wehtaten. Er sagte, daß er nur raus ginge, wenn er Geschäftliches zu erledigen hatte. Ich tat, was man so am Krankenbett tut, ich sagte ihm, daß es wieder besser würde, er bräuchte nur Sonne, die würde viel gut machen, das könne man doch an Scholle sehen. Ganz bestimmt würde Puschkin wieder gesund, gar keine Frage. Ich konnte es nicht wissen, ich sagte es nur so, ich hatte ihn belogen. An Krankenbetten wird immer gelogen, deshalb machte ich mir weiter keinen Kopf, wenn man einen Kranken aufmuntert, kann es keine Sünde sein, auf keinen Fall Schlechtes.

All das ging mir durch den Kopf, als ich hier unten lag mit Pussel im Arm. Die blieb allerdings nicht mehr lange, sie hatte gesehen, daß die Kellertür einen Spalt weit geöffnet war und da hinaus verschwand sie. Sie war die meisten Nächte draußen, da hatte sie reichlich zu tun. Es waren immer wieder Mäuse da, Feld-, Wald- oder Wiesenmäuse. Keine weißen, die hatte sie inzwischen alle geköpft, sie war fleißig gewesen, aber was spielte die Farbe schon für eine Rolle, Pussel köpfte auch die grauen, die legte sie dann unseren Leuten vor die Tür, sozusagen als Präsent zum Frühstück oder so.

Pussel war weg, und ich konnte noch immer nicht schlafen. Der Mond schien herein und gerade auf das Telefon. Juppi hatte es sich hier unten legen lassen, um schnell mal anzurufen, ohne immer die Treppen heraufzulaufen. Oben befand sich außerdem eines im Schlafzimmer. Wenn einer der beiden telefonierte, leuchtete bei dem anderen eine rote Birne auf. Ich langweilte mich, und das Telefon zog meine Blicke auf sich. Wie oft schon hatte ich mein Herrchen beim Telefonieren beobachtet, warum sollte ich es nicht auch mal versuchen? Für mich war es ein leichtes, den Hörer abzunehmen. Ich lauschte in die Muschel, ich hätte jubeln können, es klappte, ich hörte Tinas Stimme. Mein Puls sauste heftig, ich atmete hastig.

— — — — — —

Tina hatte auch wach gelegen, wenn Juppi nicht im Hause war, war sie immer sehr unruhig. Als die rote Birne am Telefon aufleuchtete, freute sie sich, daß Juppi heimgekommen war. Er mußte es sein, der da telefonierte, wer sonst sollte wohl im Hobbyraum sitzen? "Juuppi, bist du zurück?", rief sie durchs Telefon. "Ich freue mich, endlich bist du wieder da, komm rauf. --- Warum gibst du keine Antwort? Sag doch was." Sie lauschte in die Hörmuschel, konnte aber außer daß einer schwer atmete nichts hören.

Telefon = Alarmanlage

"Bitte, Liebes, sag was, ich hab Angst."

Nichts --- und dann schrie sie: "Melde dich, bitte, bitte melde dich!" Sie saß wie versteinert in ihrem Bett. Noch glaubte sie, Juppi wollte sie überraschen, packte vielleicht ein Mitbringsel aus oder so, doch diese Hoffnung schmolz dahin, als sie wahrnahm, daß jemand die Kellertreppe heraufschlich. Ganz vorsichtig, wie auf Hauspuschen, Schritt für Schritt. Tina hatte eine regelrechte Lähmung, sie war nicht imstande, sich zu bewegen. Sie schluckte einmal, versuchte, sich durch gesundes Atmen zu erholen und schrie noch einmal gellend ins Telefon: "Juppi, laß den Quatsch, genug jetzt, das ist kein Spaß mehr!" Außer diesem gleichmäßigen Schnauben tat sich nichts, oder doch? Die näherkommenden Schritte schleiften hörbar über den Teppichboden. Tina konnte genau verfolgen, wo sich derjenige, der sie hier ängstigte, befand. Die Tür an der Kellertreppe, die zur Küche führte, war nur leicht angelehnt gewesen, wurde aufgestoßen und knallte an die Wand. Tina schrie gellend ins Telefon, noch immer konnte sie sich nicht bewegen, noch immer saß sie steif wie ein Stock in ihrem Bett. Trotzdem konnte sie diese latschigen Schritte genau verfolgen. Inzwischen war sie sich klar darüber, Juppi konnte es nicht sein, also wer dann? 'Wenn doch Boris hier wäre', dachte sie, aber der strolchte wieder einmal herum. Jetzt durchquerte dieser ungebetene Gast oder wer auch immer es sein mochte, die Küche. Das Geräusch, es war, als latsche ein alter Kerl auf Filzpantoffeln, wurde erheblich deutlicher. Tina saß stur in ihrem Bett, der Angstschweiß stand ihr auf der Stirn. Gleich würde ihre Tür aufgehen, sie konnte sich nicht bewegen und ein vermummter Mensch käme herein, sie stieß einen Hilferuf zum lieben Gott herauf. Schlapp-schlapp, schlich jemand durchs Wohnzimmer. Tina hatte noch immer das Telefon in der Hand, mit letzter Kraft wählte sie die Nummer der Polizei.

Ich hatte mich, nachdem ich Tinas Stimme aus dem Telefon hörte, nach oben und durchs Haus geschlichen, das Telefon hatte ich im Maul behalten. Ich wollte Tina doch so gerne überraschen. Es war nicht immer leicht, so zu schleichen, Juppi hatte meine behaarten Pfoten lange nicht geschnitten und so hörte es sich an, als schleiche ein alter Kerl in Filzpantoffeln durchs Haus. Endlich hatte ich die Tür zum Schlafzimmer erreicht, sie war nur leicht angelehnt. Tina würde sich bestimmt gleich freuen, wenn sie mich sah, sie freute sich immer zu mir. Mein Herz sauste wie ein Wirbelwind in meiner Brust, doch dann gleich schoß es wie ein böses schlechtes Tier durch meinen Körper, ein ganz schlechtes Gewissen. So was kann unsagbar belastend sein. Doch nun war mir alles egal, mochte mein Frauchen böse mit mir sein, mochte sie schimpfen, weil ich so spät heimgekommen war, da mußte ich durch, ich stieß einfach die Tür auf ... Und dann stand ich in dem lichtdurchfluteten Raum, ich konnte nicht sehen, so aus der Dunkelheit in dieses grelle Licht, da mußte ich doch erst mal die Augen schließen. Als ich sie wieder öffnete, stellte ich fest, daß Tina gar nicht mehr da war, dafür stand die Tür, an der ich allmorgendlich saß, offen. Draußen jaulten Polizeiwagen heran. Riesige Scheinwerfer durchleuchteten das ganze Haus, es war taghell. Eine übermäßig laute Stimme rief: "Kommen Sie heraus, das Haus ist umstellt, Sie haben keine Chance. Kommen Sie mit erhobenen Händen heraus." Ich sah mich um, konnte niemanden entdecken, wer sollte denn hier schon herauskommen? Juppi war nicht da, was machten denn die hier für ein Theater? Ich ließ endlich mal das Handy fallen, hatte es immerzu noch im Maul gehabt. Ein paar Schritte ging ich näher an die Tür und dann sah ich sie alle auf dem Vorplatz, die Waffen im Anschlag, äußerst gefährlich, ich kannte es von dem Förster, der hat so manchem Spezie damit das Leben versaut. Für Nelli war ihm das Pulver zu schade. Komisch, das ging mir jetzt durch den Kopf. Ich denke mal, bevor man ins Jenseits befördert wird, läßt man doch manches Revue passieren.

"Boooris!", schrie Tina, als sie mich sah und dann knackte sie einfach zusammen, sie hatte zwischen all den Polizisten gestanden, einfach so im Schlafanzug. Wie leichtsinnig von ihr, sie konnte sich total erkälten ...

Mein Herrchen zeigte wieder einmal, als er heimkam und Tina ihm alles berichtete, daß er Charakter hatte, sonst hätte er nicht so gelacht.

Er machte ihr keine Vorwürfe, sie hatte auch so genug gelitten. Am gleichen Abend ließen sie den Tag mit einem Glas Wein ausklingen. Sie saßen auf der Terrasse und schauten aufs

Meer. Nachdem sie auf den schönen Tag angestoßen hatten, begann Juppi zögernd.

"Wir bekommen Besuch, Tina, mein Freund muß für kurze Zeit nach London, er weiß nicht, wohin mit seinem Hund, in ein Heim möchte er das Tier nicht gerne geben. Kurz und gut, ich habe es ihm versprochen, wir werden das Tier für diese Zeit aufnehmen. Oder? Tina, mal ehrlich, würdest du unseren Boris ins Heim geben? Vielleicht kommen wir mal in die gleiche Lage, ist doch gut, wenn man weiß, wohin mit seinem Liebling."

Ich lag zu Herrchens Füßen, meine Ohren standen auf Empfang, möchte zu gerne wissen, was er uns da ins Haus brachte. Hatte er noch nicht genug von Scholles Einquartierung damals?

"Wußte ich es doch", meinte Tina, "irgendetwas war dahinter, du hast so eigenartig reagiert, als ich dir von dem Polizeieinsatz erzählte. Eigentlich hast du gar nicht reagiert, du lachtest nur, war schon komisch. Vergessen wir es, natürlich kannst du das Tier herbringen." Sie knibbelte an meinen Ohren herum. "Gell Boris, du bist auch einverstanden, wenn wir dir so einen kleinen lieben Hausgenossen bringen?"

Was sollte ich ihr dazu schon sagen? Sie taten es so und so, im Grunde wurde ich doch gar nicht gefragt. Noch war es nicht so weit und wenn der Spezi dann kam, würde ich ihm schon seine Ecke zeigen. Nach dieser Mitteilung über die Veränderung hier im Hause war es eine ganze Weile ruhig, beide hingen ihren Gedanken nach. Tina war die erste, die die Stille unterbrach. "Weißt, Juppi", meinte sie ziemlich euphorisch, "ich werde mir ein Körbchen fürs Fahrrad kaufen, weißt du, hintendrauf, da kann der Kleine dann mit, wenn ich einkaufen fahre. Ich kann nicht beide Tiere zusammen in der Wohnung lassen, wenn die sich streiten, hauen sie alles zusammen. Auch im Garten kann das Tier nicht bleiben, da kriecht es unter der Hecke durch, möcht' ich gar nicht erleben, was dann auf uns zukommt. Wie heißt es denn? Sag es mal, ich möchte doch gerne seinen Namen wissen."

"Duchesse heißt sie, sie ist ein Mädchen."

Das verschlug Tina fast die Stimme. "Liebes", meinte sie, "hast du dir das richtig überlegt? Boris und eine Hündin im Haus, o Gott, o Gott."

"Ach, das wird schon, Boris ist doch ein Kavalier. Gell, Boris?" Er streichelte meinen Kopf. "Mach dir bloß nicht so viel Sorgen, ist doch nur für ein paar Tage."

"Also, dann hole ich das Körbchen." Tina war immer sehr schnell zu überzeugen und handelte auch dementsprechend.

"Sooo? Ein Körbchen?"

"Es ist die einfachste Lösung."

"Ein Körbchen, ein kleines?" Juppi hatte seine Frage wiederholt.

"Naja, wie die so sind."

"Ein kleines Körbchen also?" Juppi fragte noch mal nach.

"Ja, begreifst du es denn nicht?"

"Ich versuche es, ich denke mal, du solltest dir lieber einen Anhänger fürs Auto kaufen."

"Wie das denn? Kann man mit dir überhaupt noch vernünftig reden?"

"Ich denk schon."

"Ach, laß mich doch, ich weiß schon, was ich mache, überlaß man alles mir."

Tina war durch die Terrassentür ins Haus gegangen, kam aber bald wieder zurück.

"Wie meinst du das mit dem Anhänger?", fragte sie ihn mißtrauisch.

"Nun ja, wie soll ich es dir sagen? Das kleine Tier, die Duchesse ist, laß mich nachdenken, tja, etwa dreimal so viel wie unser Boris."

"Beim Tier sagt man nicht 'ißt'", sagte Tina, "ein Tier frißt, das solltest du wissen, mein Lieber."

"Weiß ich doch, ich meine, Duchesse wiegt dreimal so viel wie unser Boris."

Ich war so geschockt und kroch ganz und gar zusammen wie ein Igel. Ich hatte jedes Wort und jede der Gesten, die die beiden sprachen beziehungsweise zeigten, mit verfolgt, nun bekam ich es mit der Angst, Tinas Augen konnten jeden Moment herausfallen, sie standen groß und gefährlich weit heraus.

"Du hast, du kannst, du willst ...", stotterte sie, "das willst du mir antun? Sag, daß das nicht wahr ist." Sie haute sich vor den Kopf. "Ich Blöde, fast hätte ich ein Fahrradkörbchen gekauft. Handelt es sich dabei um einen Hund, bist du sicher? Und du hast schon fest zugesagt? Ich meine, man kann da nichts mehr rückgängig machen?"

Sie raufte sich die Haare und sah Juppi bittend an, es ging über ihre Vorstellungskraft.

"Liebes, bitte, hast nur alles so gesagt, ist alles Quatsch, so als Reaktion auf den Polizeieinsatz?"

Juppi rutschte auf seinem Stuhl hin und her, er sah Tina an und erklärte ihr, daß es durchaus wahr sei und nichts, aber auch gar nichts mit dem Polizeieinsatz zu tun habe ...

"Ich bin es meinem Freund ganz einfach schuldig, wir haben uns immer gegenseitig geholfen, und ich lasse mich von nichts und niemandem davon abhalten. Tut mir leid, Tina, das Tier kommt für einige Tage zu uns."

"So", meinte sie ziemlich spitz, "darf ich denn wenigstens erfahren, ob es sich da wirklich um einen Hund handelt oder bringst du uns da vielleicht irgendetwas anderes ins Haus, einen ...?"

Sie sprach es nicht aus, welches Tier da in ihrem Kopf herumspukte, ich nehme aber an, mindestens ein Elefant, wozu sonst sollte sie einen Anhänger besorgen? Sie verließ endgültig die Terrasse.

Für uns wurde es trotzdem noch ein ruhiger Abend, fast dreiundzwanzig Uhr war es, als die glutrote Sonne am Horizont ins Wasser tauchte und erlosch. Als wir hineinkamen, schlief Tina bereits. Ob sie wohl von großen Tieren träumte?

Die Proben hatten begonnen. Wir waren eine recht gemischte Mannschaft, die Airedalerüden, Robinson, Rapunzel, Rachael und Rüdiger, Marcus, der Schäfer, die Whippets, Loens, Klopstock und Hauptmann und nicht zu vergessen die schöne Puella. Natürlich auch meine Wenigkeit. Scholle machte, sportlich gesehen, nicht mit, sein Rheuma und sein Alter machten ihm mehr und sehr zu schaffen. Er machte den Trainer und das gar nicht schlecht. Er brauchte nichts vormachen, nur Anweisungen geben, das machen alle älteren Trainer so.

Wir mußten uns sehr diszipliniert nebeneinander setzen. Scholle sah uns sehr eindringlich an und dann befahl er absolute Ruhe und dann hielt er eine kleine Ansprache.

"Also", meinte er, "zuerst begrüße ich einmal die Neuen in diesem Sportclub. Die drei Brüder, die Whippets. Tschuldigung, die Namen konnte ich mir noch nicht so merken, kommt noch, das verspreche ich euch. Ich denke, euch bekommt etwas Training richtig gut, die Glieder sind ungeübt und träge. Damit meine ich nicht nur die neuen Artgenossen, auch alle anderen natürlich. Wir brauchen alle ein paar Weichmacher, wir haben ziemlich harte Gegner."

Scholle unterbrach seine Rede und schaute auf Puella. Die beschäftigte sich eingehend mit einem Käfer, der vor ihr im Gras lag, er lag auf dem Rücken. Er versuchte immer wieder, sich zu drehen und begann auch immer wieder einen Fluchtversuch. Wieder bekam er einen kleinen Stupser mit der Pfote und wieder lag er auf dem Rücken.

108

'So ist das Leben', dachte Scholle und beobachtete Puella. Schließlich sahen wir ihr alle zu, keiner sagte ein Wort. Das ging eine ganze Weile so und dann besann Scholle sich und meinte: "Du spielst wohl nicht mehr mit, Puella?"

Sie tat sehr verlegen und reihte sich wieder ein. Ich muß schon sagen, mit diesem kleinen Spiel hat sie uns eine ganze Menge gegeben.

Scholle ließ uns einzeln nur mal so laufen und einmal liefen wir alle zusammen, nur so, ein kleiner Wettlauf. Natürlich waren die Whippets die ersten, ich hatte mir nicht viel Mühe gegeben, hatte anderes zu bedenken. Wäre vielleicht auch anders gewesen, wenn da nicht die schöne Puella gewesen wäre. Jedenfalls zog Hauptmann ganz schnell an mir vorbei, seine Brüder standen ihm nicht viel nach. Das Ziel war eine riesige Birke am Ende des Weges. Damit war es aus für diesen Tag.

So ganz für mich denke ich manchmal, daß Scholle als Trainer nicht der Richtige sein kann, wir brauchen einen jungen spritzigen Kerl. Scholle ist immer so schnell müde.

Wir verabredeten uns für den nächsten Tag.

Trotzdem, Scholle zog das Training durch und es klappte auch bald mit uns.

Wir waren alle auf den Affenberg gekommen, Scholle hatte uns einiges zu sagen.

"Wir müssen üben, üben und nochmals üben", sagte er.

"Ich denke, Örniberts Club hat sich über Winter sehr verstärkt, da ist nicht nur ein Bullterrier, da sind auch einige Pitbulls. Die Gefährlichkeit dieser Rasse kennt man ja, im Kopf haben sie nichts, da gibt es nur rohe Gewalt."

"Ph", machte Loens, "vor denen haben wir doch keine Angst." Er sprang hoch, wie von einer Tarantel gebissen, nur um schnell mal den Berg herabzusehen. Ich mußte immer wieder staunen, wie diese dünnen zittrigen Beinchen umhersprangen.

Scholle rief ihn zur Ordnung und befahl ihm, sich zu setzen.

"Jawohl, Boss", schrie er, "wird gemacht!"

Der konnte nun mal sein Maul nicht halten.

"Haben doch schon gesagt, so einen haben wir schon einmal fertig gemacht."

"Schon gut, Loens, wir wissen es bereits."

Scholle scharrte nervös im Sand herum.

"Hättet ihr sehen sollen", meinte Klopstock, "der machte große Augen, der gurgelte nicht mehr lange. Die Brüder muß man nur an ihrer schwächsten Stelle knacken, ein Biß ins Genick genügt vollkommen, der braucht keine Halskrause mehr tragen."

"Sie sind die reinste Pest, bringen unsere ganze Art in Verruf", erklärte Marcus.

"Wir werden sie bekämpfen", entschied Scholle, "wo immer wir sie antreffen, werden wir sie bekämpfen. Ihr drei, Loens, Klopstock und Hauptmann. Auf diesem Gebiet kennt ihr euch aus, bringt's den anderen bei. Besonders du, Hauptmann, wenn du deinem Namensvetter Ehre antun willst, so als Dramatiker, meine ich, tu was."

"Ausrotten", schrie Rüdiger.

"Ausrotten, jawohl, wir rotten sie aus, diese Pest!", dröhnte es vom Berg herunter. Das war Loens. Und dann schrien alle im Chor: "Ausrotten, ausrotten!"

"Genug", befahl Scholle, genug darüber. Ich denke, jetzt haben es alle begriffen. Über die Art und Weise reden wir noch.

"Wird gemacht, Boss", schrie Loens und haute die Hacken zusammen, anschließend leckte er sein Bein.

Woher nahmen diese kleinen dünnen Kerle nur den Mut? Ich war fasziniert von ihnen, sie hatten den Mut eines ausgewachsenen Rottweilers, mir verschlug es die Sprache. Die konnten wir gut gebrauchen, mutige Leute.

Scholle rümpfte die Schnauze, als wir alle den Affenberg hinabrannten, nach seiner Meinung sollte alles viel disziplinierter vor sich gehen. Marcus lief an meiner Seite, ich mochte den Kerl sehr gerne, wir verstanden uns eigentlich vom ersten Moment an. Ich denke, er hatte mich auch gern. An uns vorbei lümmelten sich die Whippets. Marcus und ich machten den Weg frei, Puella war hinter uns gelaufen, wir nahmen sie zwischen uns. Die Airedales gesellten sich auch zu uns.

Wir waren nicht weit hinter den Whippets, da sah ich ihn in einem Gebüsch, einen Pitbull, häßliche Augen, die Augen eines Mörders, kalt und voller Haß. Der Kopf, ich kann ihn nicht beschreiben, gegen diesen Typen hatte Örnibert überhaupt keine Chance, das, was wir hier an Häßlichkeit sahen, war nicht zu übertrumpfen. Ein Schakal war dagegen eine Schönheit.

Die Whippets liefen arglos an diesem Entarteten vorbei. Loens ein paar Sekunden später und auf den stürzte sich dieser Entartete ... Wir, Puella, Marcus, die Airedales und ich, blieben Sekunden wie erstarrt stehen, eigentlich hätten wir sofort dazwischengehen müssen, aber die Schrecksekunden machten uns einen Augenblick unbeweglich. Doch es kam schnell wieder Bewegung in unsere Körper, wir hatten nur einen Gedanken, wir mußten Loens helfen. Ehe wir überhaupt dazu kamen, rollte sich alles ganz schnell vor unseren Augen ab. Ich traute meinen Augen nicht, da saß Klopstock dem Feind schon im Nacken. Das Geräusch, als er dem Untier das Genick brach, war unüberhörbar, die haßerfüllten Augen traten hervor. Langsam rollte er sich in den Sand.

"Schafft ihn fort", schrie Scholle. Er hatte von oben herab alles mit angesehen.

"Schafft ihn ganz schnell ins Wasser, nicht erst lange einkuhlen, dann merken es die anderen, das muß nicht sein, macht schon."

"Das können mal die Herren von der Airedale-Dynastie erledigen, wir haben bereits die schmutzige Arbeit geleistet. Wir sitzen alle in einem Boot, also tut mal was", sagte Klopstock und sah Rüdiger herausfordernd an.

Rüdiger und Robinson zogen ohne Widerspruch die Leiche an den Pfoten ins Wasser, es ging alles ganz schnell.

"Gut so", schrie Scholle und kam den Berg heruntergehumpelt, seit Tagen war sein Rheuma wieder sein Gast.

Puella hatte die ganze Zeit dagestanden und bewegungslos alles mitangesehen. Trotz aller Aufregungen nahm ich mir die Zeit, sie zu betrachten und wieder mußte ich feststellen, sie war einmalig schön.

Loens leckte sein Bein, das Ungeheuer hatte ihn gebissen. Er meinte einfach: "Macht nichts, das heilt bald wieder, der Kerl kommt uns nicht mehr unter, dem haben wir es gezeigt. Habt ihr gesehen, wie schnell das geht? Haben wir gerade noch drüber gesprochen, he, Puella, hast du es gesehen?"

Er war so stolz, sah uns alle nacheinander an, als erwarte er klatschenden Beifall.

"Schon gut", meinte Scholle in seiner stets ruhigen Art, "war schon gut, das habt ihr großartig gemacht."

"Richtig", fuhr er in seiner Rede fort, "der Sauhund schwimmt erst mal, aber, und darum möchte ich gebeten haben, dieses Drama, was sich hier eben abgespielt hat, davon möchte ich nichts mehr hören, hier bei uns ist nichts geschehen. Habt ihr das alle kapiert?"

"Klaro, Boß, hier ist nichts geschehen, jedenfalls ich für meinen Teil habe nichts gesehen", meinte Rüdiger und tat sehr gelangweilt.

Scholle sah uns alle an, ziemlich herausfordernd fragte er: "Na und ihr?" In dieser Frage lag schon klar, er duldete keinen Widerspruch.

"Ich habe nichts gesehen", bestätigte Rasputin ernsthaft.

"Ich auch nicht", flötete Rachael, "war was?"

Sie befragten sich alle gegenseitig: "Hast du was gesehen? Vielleicht du?" Alle waren so unschuldig wie neugeborene Welpen.

"Alles OK?", fragte Scholle.

Wie, um sich von einem bösen Traum zu erleichtern, schrien alle wie aus einem Maul: "Alles Roger, Boß!!!" Loens, der Vorlaute, knallte zur Bestätigung die Hacken zusammen. Aus seiner Bißwunde tropfte das Blut. Wir liefen alle auseinander, was sollte man sich noch unterhalten, über das Aktuellste durfte nicht gesprochen werden und was Neueres gab es nicht.

Ich latschte mit herunterhängendem Kopf durch den Wald und dann die Straße entlang. Mein Kopf war so voll, für die nächste Zeit hatte ich genug zu denken. Fast wäre ich mit Örni zusammengeprallt, ich sah ihn erst im letzten Moment.

"Paß doch auf, Scheißwessi", schrie er mich an.

"Ich weiß, was ich für dich bin, Knautschbacke", sagte ich ihm. "Du hast es mir bereits dreihundertfünfundsechzigmal gesagt, aber ich kann einfach nicht glauben, daß dein Gehirn wirklich so klein ist, kannst du dir gar nicht mal was anderes ausdenken? Warum spuckst du, ist dir übel? Siehst unheimlich blaß aus, heute, Kleiner, mußt mal was für dich tun."

Damit ließ ich ihn einfach stehen. Welch ein Tag, heute, Tina hatte schon beim Frühstück gemeint, an einem Freitag, dem dreizehnten sollte man lieber nicht aufstehen. Also, wenn die recht hatte, dann stand mir ja noch was bevor, zwei nicht erfreuliche Dinge hatte ich hinter mir, und nach dem Gesetz der Serie, so sagte sie, kommen immer drei Dinge hintereinander, meist unangenehme, weil das Glück ja doch ziemlich selten ist. Ich hoffte, daß Tina unrecht hatte, ich hatte keinen Bock mehr auf all diesen Scheiß.

Das Gartentor war nicht aufzukriegen, hatten sie es abgeschlossen? Oder nein, davor lag etwas. Trotz aller Anstrengung, es rührte und rückte sich nicht. Also Nummer drei, dachte ich. Es war nicht mehr ganz hell, doch mein Geruchssinn war sehr gut ausgebildet und so teilte er mir sehr schnell mit, daß da hinter meiner Gartentür ein Artgenosse lag. Pardon, nach dem Odeur zu urteilen, war es eine Artgenossin. Plötzlich, es schlug wie ein Blitz bei mir ein, das, was sich da hinter der Gartentür befand, konnte nur Duchesse, die angekündigte Leonbergerin, sein.

So wie Herrchen heute am Frühstückstisch seiner Tina erklärt hat, kommt der Name "Duchesse" aus dem Französischen und heißt übersetzt "Herzogin". Also war die Dame während meiner Abwesenheit bereits eingezogen.

Ich stieß noch einmal an die Gartentür und dann erhob sich Hoheit endlich, ich konnte die Gartentür öffnen. Zuerst ging ich einen Schritt rückwärts, damit hatte ich nicht gerechnet, vor mir stand ein Superweib. Ich starrte sie an, als käme sie von einem anderen Stern. Sie überragte mich um einiges, hatte ein Fell von ganz besonderer Farbe, nicht rot, nicht braun, ich kann diese Zwischenfarbe nicht benennen, ich weiß nur, sie ist wunderschön. Die Struktur ihres Fells schien mir aus reiner Seide. Das, was ich hier sah, hatte absolut nichts mit Freitag, dem dreizehnten zu tun, da hatte Tina sich geirrt, das hier war eine Offenbarung. Mit diesem Rasseweib sollte ich nun unter einem Dach wohnen, da hatte Herrchen sich wirklich mal was Gutes einfallen lassen.

Auch sie hatte mich eingehend gemustert und kam freundlich auf mich zu.

"Bist du der Boris?", fragte sie mich.

114

"Hm, ja, ich bin Boris", stotterte ich, "und du? Wer, ich meine, wie heißt du, warum liegst du hier vor dem Tor? Komm, kannst doch, ach komm doch einfach mit hinein."

"Ist lieb von dir, Boris, ich bin aber lieber draußen. Ich bin Duchesse, hast sicher schon von mir gehört."

"Das hatte ich mir doch gleich gedacht, Herrchen hat von dir erzählt, konnte niemand anders sein", antwortete ich.

"Ich freue mich, es ist schön hier bei euch", meinte sie verbindlich. "Ich denke, wir zwei können zusammen viel unternehmen, wir werden uns bestimmt gut vertragen."

Sie sah mich an, in ihren Augen brannten unzählige kleine Lichter. Das konnte sie wohl annehmen, mit so was konnte man wohl keinen Streit kriegen, ich war überaus begeistert von ihr. Im Moment verschwendete ich nicht einen Gedanken an Puella. Das Leben hat doch manchmal schöne Seiten, man muß sie nur erkennen.

Wir lagen viel nebeneinander im Garten. Pussel war immer dabei. Sie hatte sich schnell an den Gast gewöhnt. Sie war sehr zuvorkommend und machte Duchesse manches Kompliment. So zum Beispiel, wenn sie eine besonders dicke Maus geknackt hatte, dann bekam Duchesse sie, natürlich ohne Kopf. Ich habe niemals gesehen, daß Hoheit jemals von dieser Delikatesse Gebrauch gemacht hätte, sie hatte einen entschieden anderen Geschmack, gefüllte Büffelknochen fraß sie gern.

Ich machte ihr eines Tages ein Geschenk, das ich sonst für nichts auf der Welt abgegeben hätte. Ich legte ihr den Schuh, den ich immer noch versteckt hielt, vor die Füße. Für mich war er die Erinnerung an den Tag, an dem ich zum Vater gemacht werden sollte. Ihre Hoheit sah mich verständnislos an, sie hatte noch nie Schuhe gefressen.

"Die sind vom Feinsten", sagte ich ihr, "es ist Juchten". Und so ganz nebenbei kaute ich an einem Riemen. Sie beobachtete es und langte dann nach dem Schuh. Er schien ihr zu schmekken. Bald lutschte sie genußvoll daran herum.

Der Sommer brachte uns viel gutes Wetter, wir waren alle drei sehr viel draußen in unserem Garten. An den Tag, wo Duchesse abgeholt werden sollte, mochte ich gar nicht denken.

In dieser Zeit hatte ich meine Freunde sehr vernachlässigt, manchmal hatte ich deswegen schon einen kleinen Kloß im Magen. Aber ich machte mir deswegen nicht lange einen Kopf, später würde ich wieder viel auf den Affenberg laufen. Jetzt wollte ich daran aber nicht denken. Mitnehmen wollte ich Duchesse allerdings auch nicht, wenn es um Mädchen ging, konnte ich den Jungens nicht trauen.

Wir hatten zusammen im Hobbyraum geschlafen, Duchesse, Pussel und ich. Die Liege benutzte ich gemeinsam mit Pussel, Duchesse schlief ganz einfach auf den Fliesen, alles andere lehnte sie ab, es war ihr viel zu warm. Ich hatte Verständnis dafür, sie hatte ja so dickes Fell.

Es war noch sehr früh, als Tina herunterkam und uns weckte. Hier unten war es immer ein bißchen dunkel, ich glaube, deshalb machte sie das Licht an. Ein fürchterlicher Schrei von ihr machte uns ganz schnell wach. Sie rannte, als sei der Teufel hinter ihr, die Treppen hinauf ...

"Jupp, Jupp, Josef", schrie sie, "die Hunde haben sich gebissen, überall auf den Fliesen ist Blut. Ich habe immer gesagt, Boris läßt keinen zweiten Hund zu, aber du hast es, wie immer, besser gewußt. Leg doch mal den Rasierer zur Seite und komm mit nach unten."

Juppi sah Tina verständnislos an.

"Boris soll sich mit Duchesse gebissen haben? Das glaube ich nicht. Die zwei liegen den ganzen Tag zusammen, und die sollten sich beißen?"

Er rasierte sich in aller Ruhe weiter.

"Bitte, Juppi, komm mit runter, sieh es dir an, die haben sich gebissen, überall ist Blut. In drei Tagen soll das Tier abgeholt werden und nun das."

"Nicht in drei Tagen, Liebling, hab ich dir das nicht gesagt, mein Freund hat angerufen, er muß noch länger bleiben."

"So, hat er, muß er, fein, daß ich das auch mal höre."

"Sorry, hab ich wohl vergessen, ich wollte es dir aber sagen, du warst so schnell eingeschlafen."

"So, ich war eingeschlafen? Ist ja auch nicht wichtig, ich brauche wirklich nicht alles erfahren. Kommst du denn nun mit runter?"

In geradezu stoischer Ruhe rieb er sein Gesicht mit Rasierwasser ein und folgte ihr dann in den Keller.

— — — — —

In bester Eintracht liefen wir drei unserem Herrchen entgegen, Pussel umstreifte seine Beine.

"Und die sollen sich gezankt haben?", fragte Juppi und drehte sich nach Tina um.

"Schau es dir doch an, komm doch erst mal rein in den Hobbyraum, da draußen kannst du nichts sehen."

Juppi hatte nur ganz kurz in den Raum gesehen und meinte dann: "Liebling, nimm du dir den Boris mal vor, ich sehe Duchesse mal durch, von irgendwoher muß das Blut ja kommen, gezankt haben die sich nicht, ausgeschlossen."

Ich fand es super, wie Tina mich abtastete und mit ihren Fingernägeln über meine Haut kratzte, bis, ja bis sie wieder einmal hysterisch losbrüllte. Ich erschrak derart, daß ich durch den ganzen Garten rannte, bis hin zur Eingangstür, um vermeintliche Räuber zu verjagen.

Hinter mir hörte ich sie schreien: "Nu isser weg."

"Er ist nicht weg, du hast ihn erschreckt, warum mußt du eigentlich immer so brüllen? Er muß ja annehmen, die Vandalen kommen."

"Eine Zecke hat er", sagte sie.

"Na und, ist das was Besonderes? Er hat doch beinahe täglich eine."

"Ich ekele mich davor. Genau am Bach hat er die."

Duchesse war durch diesen Vorfall ganz schnell wieder auf die Beine gekommen. Als ich zurückkam, bemerkte ich, sie war verändert, das war mir vorher gar nicht aufgefallen. Sie war anders als sonst, ich konnte nicht sagen, wieso, ich mußte sie immer wieder ansehen. Die Sonne lag auf ihrem bronzenen Haar, wirklich, es konnte nichts Schöneres geben.

––––––

Ein schöner Tag, viel Sonne, Duchesse, Pussel, Tina und Juppi, eine harmonische und glückliche Familie. Ich schrie mein Glück einfach hinaus, machte eine Runde um das Grundstück und kniff Pussel ins Bein. Die, angeregt durch meine Euphorie, sprang auf den nächsten Baum und von daher über den Zaun zum Nachbarn.

––––––

Herrchen saß auf der Gartenbank und betrachtete mich und dann wieder Duchesse, er schien schwer am Überlegen.

"Tina, Liebling, komm doch mal." Er setzte sich ein Stück zur Seite und machte ihr Platz. Wir beide, Duchesse und ich, lagen zu ihren Füßen.

Ich kannte ihn bereits so gut, daß das, was er sagen wollte, unangenehm für ihn war.

"Ich denke", sagte er, "wir kriegen da ein Problem, nein, wir haben es schon, ich sag es dir gleich, ich habe es nicht gewußt, wir hatten immer nur Rüden." Er machte eine kleine Pause, bevor er weiter sprach. "Duchesse hat ihre Tage. Ja, das war's, was ich dir sagen wollte."

"Auch das noch", stöhnte Tina. "Und nun?"

"Nun erst mal gaanz langsam, laß uns überlegen. Ja, zuerst müssen wir sie auseinandersperren, Duchesse kommt nach unten in den Hobbyraum, wir müssen immer alle Türen zuhalten, ein bißchen umständlich, aber es müßte gehen."

"So, meinst du einfach so wegsperren? Das kannst du doch nicht machen, wir haben Sommer, die Tiere müssen raus. So geht es nicht, mein Lieber."

"So geht es nicht? Willst du mir mal verraten, wie es sonst geht?"

"Ich wüßte da schon was, ich nehme einen von deinen Schlafanzügen, schneide von den Beinen ein Stück ab, und schon hat sie eine Hose. Der Taillenumfang müßte hinhauen."

Nicht nur Juppi lauschte Tinas Worten, auch ich war gespannt, was da noch alles kommen sollte. Ich wollte nur nicht, daß sie Duchesse zum Affen machten, aber tun konnte ich dabei absolut nichts.

"Bin ich so dick", fragte Juppi, "so dick wie Duchesse? Haben wir eine Größe?"

"Wenn du dir auch solch Fell zulegst, schon."

"Also das wollte ich eigentlich nicht. Ich fahre zuerst mal zum Drogeriemarkt."

"Kommt nicht in Frage, erst nähe ich die Hose. Ich kann nicht gleichzeitig auf die Tiere achten. Was willst du in der Drogerie?"

"Du kannst ihr nicht einfach eine Hose anziehen, sie braucht Einlagen dazu."

"Die kann sie von mir haben."

— — — — —

Wir lagen bei Herrchen in der Sonne und dösten, ich konnte mir nicht vorstellen, daß Duchesse eines Tages wieder abgeholt werden würde. Ihre Hoheit war also krank, so wie ich herausgehört hatte. Es dauerte gar nicht lange, da kam Tina schon mit den Hosen an, sie hielt das Ding in die Höhe und wollte sich kaputtlachen. Das Ding Duchesse anzuziehen, war gar nicht schwierig, sie schien derlei Sachen zu kennen. Doch als sie sie anhatte, brachen Tina und Juppi in Tränen aus, gleichzeitig lachten sie und hielten sich ihre Bäuche, als hätten sie zu viel gegessen.

"Nein, so was Komisches!", schrie Tina und schüttelte sich vor lachen.

"Die sind doch viel zu lang, hahahaha", stellte Juppi fest.

"Gerade richtig", meinte Tina, das ist der ganz moderne Schlag in der Hose, man trägt sie wieder so, es ist in."

Wie tat Duchesse mir leid, was hatten die aus ihr gemacht?

Das Eigenartige war, es schien sie gar nicht zu stören, sie lief mit erhobenem Kopf durch den Garten. Wenn ich es recht betrachtete, sie war sogar jetzt noch schön.

Tina und Juppi einigten sich darüber, daß immer einer von beiden bei uns im Garten blieb. Zeitweise wurden wir auch angebunden, nicht zusammen, in ordentlichem Abstand. Das gefiel mir allerdings gar nicht, obwohl ich die ganze Sache an sich ganz interessant fand. Auch Duchesse duftete vorzüglich, es war eigentlich gar nicht angebracht, daß Tina und Juppi so viel Theater machten.

Am Nachmittag kam Juppi aus der Stadt und warf ein großes Paket auf den Tisch. Ich war rasend neugierig, was da wohl drin sein könnte. Pakete und Taschen hatten mich von jeher interessiert, sie waren immer spannend.

Er sagte Tina, daß er im Drogenmarkt gewesen sei und das hier für Duchesse mitgebracht habe. Sogenannte Pampers.

"Du hast Pampers gekauft?" Sie lachte.

"Hm, gar nicht so einfach", erinnerte sich Juppi, "die wollten wissen, wie groß das Kind ist. Als ich ihnen sagte: 'Sehr groß', haben sie mich so dämlich angesehen und haben mir das hier gegeben. Ich glaube, Größe achtundzwanzig. Du, da geh ich nicht wieder hin, die haben mich noch beim Fortgehen durch die Scheibe beobachtet."

"Wie schwer ist eigentlich die Gute?"

"Duchesse?"

"Ja, Duchesse."

"Ich denke mal", Tina überlegte, "sagte dein Freund nicht, achtundfünfzig Kilo?"

"Hm, die wollten in der Drogerie wissen, wie schwer das Kind ist. Dann hab ich es ja richtig gesagt, achtundfünfzig Kilo. Die beiden Weiber da haben sich so blödsinnig angesehen, dumme Dinger, die."

"Du hast gesagt, achtundfünfzig Kilo, unser Baby sollte achtundfünfzig Kilo schwer sein? Es ist doch wohl nicht zu fassen, da gehst du hin, verlangst Babywindeln und tust, als hätte ich ein Riesenbaby oder, besser gesagt, ein Monster auf die Welt gebracht, da kann ich nie wieder hingehen. Hast du mal darüber nachgedacht, wieviel das ist? Das ist ein fast ausgewachsener Mensch. Oder hast du ihnen gesagt, daß es sich hier um eine Hündin handelt, die ihre Tage hat?"

"Natürlich nicht, warum sollte ich??? Laß mich jetzt in Ruhe damit."

Tina war sehr aufgeregt, ich verschwand am besten, bei solchen Sachen bekommt man leicht etwas ab.

Es waren wahrhaftig keine schönen Tage, die hierauf folgten, von Duchesse sah ich fast nichts mehr, nur noch mal so durchs Fenster, wenn Herrchen mit ihr Gassi ging. Die Türen wurden zugeschlagen, sobald einer rein- oder rausging. Wir hatten keine Chance, zusammenzukommen. Vom Fenster aus konnte ich beobachten, wie Duchesse trotz der scheußlichen Hose wie eine Herzogin daherkam. Sie hatte eben etwas, was ich nicht benennen kann, ich fand, sie war einfach supersexi.

– – – – – –

In diesen Tagen konnte ich nicht zu meinen Freunden auf den Affenberg. Wie gesagt, wir waren eingesperrt, jeder für sich. Vom Schlafzimmerfenster aus sah ich allmorgendlich Örnibert, natürlich mit dem Badetuchmenschen, vorbeimarschieren.

Örnibert wurde zusehends alt, ich fand, er hatte in letzter Zeit sehr patiniert. Sein Maul hatte sich freilich nicht verändert, er war frech geblieben. Örni konnte es immer noch nicht lassen, urinierte ausgiebig an Nachbars Zaun und schrie mir Unverschämtheiten, wie "Scheißwessi", herüber.

Ich beachtete ihn nicht besonders, er war es nicht wert.

Unsere Duchesse war abgeholt worden, ich habe es vom Schlafzimmerfenster beobachtet. Sie sah, bevor sie ins Auto stieg, zu mir herüber. Ich glaube, sie war traurig, genau wie ich.

Ein wenig später ließen sie mich raus.

"Deine Freundin ist wieder weg", sagte Juppi. Und dann sagte er noch: "Frauchen und ich sind auch traurig darüber, wir hatten uns so an sie gewöhnt."

Ich lief an ihm vorbei, beachtete ihn überhaupt nicht, das hätte er sich sparen können, schließlich hatte er uns auseinandergesperrt. Ich brauchte jetzt erst mal Luft.

Etwas später lief ich am Strand entlang, mit den Beinen im Wasser, mit den Gedanken bei Duchesse.

"Hallo Boris!" Scholle stand schon fast vor mir, ich hatte ihn nicht bemerkt.

"Hi, Scholle, hab dich fast nicht bemerkt."

"Siehst du denn überhaupt noch jemanden, Boris? Kommst nicht einmal mehr auf den Affenberg. Ich glaubte schon, du wärest wieder ausgewandert. Was ist los? Ich will zum Boot, kannst mir alles unterwegs erzählen. Ich muß raus mit dem alten Fischer, denkt, er kann noch ein paar Kleinigkeiten fangen, kann er vergessen, das wird immer weniger, ist alles leergefischt."

"Ich komme mit", sagte ich einfach, "das heißt, wenn der Alte mich mitnimmt."

"Der schon, der kennt dich doch."

Es war wunderschön in der alten Kiste da draußen auf dem Meer. Der Alte hatte Anker geworfen, die Abendsonne kam langsam hoch, und die Wellen plätscherten gleichmäßig an die Bootswand. Der Wind strich leise über das Boot. All das tat meiner gedrückten Stimmung sehr gut. Wir drei dösten so dahin, noch konnte ich mich nicht wirklich von Duchesse trennen, ich mußte immerzu an sie denken.

Scholle schien meine Gedanken erraten zu haben.

"Wieder ein Weib dahinter? Ja, Boris?"

Ich nickte nur.

"Hab ich's mir doch gedacht, Boris, du hast noch so viel Zeit."

"Hab ich die?", fragte ich zurück.

"Ja, nein, man kann es nicht so sagen."

"Dann sag es nicht."

"Hast recht, Boris, war dumm von mir. Sorry."

"Sie war wundervoll, ganz einfach ein Rasseweib."

In diesem Augenblick war mir Duchesse so gegenwärtig, ich sah sie vor mir, dieses unbeschreiblich Weiche, was sie hatte, das Fell, diese Farbe, sie hatte Augen, da lohnte es sich, da hineinzutauchen. Ich hatte Scholle momentan total vergessen, aber er hatte eine Art, sich bemerkbar zu machen, er stieß mich einfach mit seinem ganzen Körper an, fast wäre ich in meinen Träumen über Bord gegangen.

"Komm, erzähle", forderte Scholle. Warum war er nur so aufgeregt? Eine ganz neue Seite an ihm.

"Was soll ich jetzt sagen? Wenn ich jetzt sage, Rasseweib, dann ist eigentlich alles gesagt."

"Und hast du, ich meine, mochte sie dich auch so?"

"Natürlich mochte sie mich genauso, wir waren immer zusammen und dann wurde sie krank, da haben die anderen sie und mich auseinandergesperrt."

"Wie? Was? War sie bei dir im Haus, Mann?"

Scholle rückte ein Stück näher zu mir, erschreckend, wie der Kerl sich aufregte.

"Klar war sie mit im Haus, als Gast sozusagen. Eine Adelige."

Scholle setzte sich in Positur und rümpfte die Schnauze: "Das geht an mir vorbei, ist gar nicht wichtig, Mann, das kannst du durch andere Sachen wieder gutmachen. Ist nicht direkt ein Fehler. Du bist es doch auch."

"Was bin ich? Meinst du jetzt, adelig oder Ossi oder Wessi?"

"Quatsch, ist doch alles das Gleiche, bei dir merkt man es übrigens überhaupt nicht mehr."

"Dank dir, Scholle, fein hast du das gesagt, hab aber gar nicht die Absicht, meine Herkunft zu verleugnen."

"Sei nicht empfindlich, Mann, du bist doch in Ordnung, nicht ein bißchen wie diese Inzests. Egal, Boris, sag, was war los?"

"Scholle, ich kann dir nur sagen, sie war wunderschön."

"Hast dich total verguckt, ich denke, Puella ist auch schön, allerdings eine ganz andere Rasse, ich denke, sie kommt deiner da doch sehr nah. Hast du sie vergessen?"

"Natürlich nicht, ich mag Puella, aber man wird doch noch mal ein anderes Weib ansehen dürfen. Lassen wir das Thema, sag mir lieber, was macht unsere Crew?"

"Doch, ja, sind alle in Ordnung, sie üben fleißig. Über die Whippets könnte ich immer wieder lachen, ulkige Kerle, das."

"Das sind sie, ich bin auch immer wieder erstaunt, woher sie die Kraft nehmen, sie sind so zart, so fein und außerordentlich nervös. Die bringen das Ding, denen kann man echt Aufgaben stellen."

"Weißt, Boris, vielleicht machen wir doch noch einmal einen Versuch, dieses Heim zu erobern."

"Hört, hört. Du weißt, Scholle, es ging haarscharf an uns vorbei, wir hätten auch draufgehen können. Wenn ich da noch an all die Leichen denke, auf denen ich gelegen habe. Hast du denn schon mit Marcus darüber gesprochen? Macht er mit?"

"Das hebe ich mir noch auf, zuvor haben wir noch eine andere Aufgabe." – Ich hörte gespannt zu, während ich auf die kleinen herannahenden Wellen sah, es war doch immer wieder schön hier draußen, an uns vorbei kreuzte ein Segelboot. Ich hatte mir eine schöne Heimat gewählt.

"Hier wachsen die Pitbulls wie die Pilze aus der Erde", fuhr Scholle fort. "Ihre Untaten gehen auch auf uns. Zumindest haben wir aus Sicht der meisten Menschen ein gemeinsames Konto. Mit den Pitbulls werden alle unserer Zunft über einen Kamm gezogen, Menschen, die sonst freundlich zu uns waren, gehen plötzlich rüber auf die andere Straßenseite, schauen uns an, als wären wir Menschenfresser, Mann. Sie haben ja auch allerhand angestellt, diese Köter. Ja, in diesem Fall kann ich mit Fug und Recht sagen, 'Köter'. Im Nachbarort, jedenfalls nicht weit von hier, haben sie einen Jungen getötet. Auf einem Schulhof haben sie gehaust wie die Vandalen. Immer drauflos gebissen. Sie sind von Natur aus Mörder."

"Und da willst du gegen angehen? Die sollen wir verbessern? Scholle, da hast du dir aber was vorgenommen."

"Boris, da müssen wir ernstlich was gegen unternehmen, einfach wegsehen ist nicht. Bisher habe ich noch mit niemandem darüber gesprochen, aber ich denke, wir müßten erst mal ein Unterrichtsfach einrichten, da könnten uns die Whippets mit ihren Erfahrungen gut helfen, sie müßten uns, das heißt, nicht mir, ich bin zu alt dazu, diesen Genickbiß beibringen. Sie sind die einzigen, die das können."

"Hab ich gar nicht gewußt, daß wir so viel von diesen Verbrechern haben. Meinst du, daß Örnibert auch damit zu tun hat?"

"Nicht direkt, der ist doch auch nur noch ein Wrack, hat keinen einzigen Zahn mehr im Maul, allerdings aufheizen könnte er sie schon. Er ist ein Intrigant, weiter bringt er nichts mehr, aber es reicht schon. Ich denke, wir rufen eine außerordentliche Versammlung ein, und alle werden erscheinen. ja, so denke ich mal ... Außer Puschkin, der ist immer noch nicht in Ordnung."

Puschkin tat mir leid, wenn man ihm doch helfen könnte.

"Ich glaube, der soll in ein Krankenhaus", setzte Scholle seine Rede fort, "da soll er operiert werden, mir tut er auch so leid, ein feiner Kerl, dieser Puschkin. Von der Sorte müßte man mehr haben."

"Nun beschwere dich man nicht, Scholle, ich denke, wir haben alles ordentliche Kerle", sagte ich ihm.

Wir hatten nicht einmal bemerkt, wie der alte Fischer das Netz einzog, so vertieft waren wir in unser Gespräch. Einige wenige Fischlein hatten sich in dem Netz verfangen, nicht wert, heimgebracht zu werden. Der Alte holte seinen Anker ein und steckte sich dann eine Pfeife an, zum wievielten Male, bestimmt war der Tabak naß. Wir beide saßen still und beobachteten alles. Ganz langsam tuckerten wir los. Für uns zwei waren so kleine Fahrten wunderbar, wir konnten besprechen, was andere Ohren nicht hören sollten. Ehrlich, so richtig hatte ich mich immer noch nicht an diese Kahnfahrten gewöhnt, ich torkelte beim Aussteigen wie eh und je, ein richtiger Seemann, Verzeihung, Seehund würde ich nie werden. Trotzdem war es immer wieder schön. Meine Ambitionen lagen eben auf einem anderen Gebiet. Ich sprach eben nicht über meine nicht gerade seemännischen Fähigkeiten und so ging's.

Ich hatte mich wieder einmal total verzettelt. Scholle hatte gerufen, und alle, alle kamen. Sie erwarteten mich, und ich kam gelaufen. Meine Lenden zitterten, meine Lefzen hechelten, und die Zunge hing heraus.

"Sorry", sagte ich, einfach "Sorry".

Scholle hatte seine Stirn in Falten gelegt, es war ihm anzusehen, daß er sich ärgerte.

"Es ging nicht eher", sagte ich ihm, "kann mich nur entschuldigen, bin aber immer noch im akademischen Viertel. Ich meine, wenn wir bei uns nun auch diese verdammte Uhr einführen wollen. Ich habe mich eben noch von Puschkin verabschiedet, der kommt morgen ins Krankenhaus."

Scholle sagte nichts, machte nur eine eindeutige Handbewegung. Ich sollte mich neben ihn setzen, wie gewohnt.

Er machte keine langen Vorreden, kam sofort zum Punkt.

Es war ganz ruhig, alle lauschten.

Da waren die vier Airedales, die drei Whippets, die hübsche Puella, der Marcus, natürlich Scholle und ich, eine gute Mannschaft.

"Wie ihr wißt", begann Scholle, "haben sich hier die Bulls breitgemacht. Das dürfen wir nicht zulassen, wir hatten immer einen guten Ruf und den versauen die mit ihren schlechten Manieren. Ich habe da schon eine Idee. Ihr, ich meine jetzt Loens, Klopstock und Hauptmann, ihr habt da einen gewissen Trick, wie ihr sie erledigt. Ich möchte nun, daß ihr den unseren Kameraden beibringt."

Einen Moment herrschte äußerste Ruhe, alle Augen waren auf die Whippets gerichtet.

"Hm", machte Hauptmann und meinte dann nach kurzem Überlegen: "Ich denke, ich spreche auch im Namen meiner Brüder."

Loens und Klopstock nickten.

"Ich muß hier mal etwas klarstellen", sprach Klopstock weiter. "Wir sind keine Mörder, die Kunst des Tötens haben wir nicht erlernt, die haben wir mit auf die Welt gekriegt, richtig, und die gilt humanen Zwecken, zum Beispiel kann man sie bei der Jagd anwenden."

"Oder zur Selbstverteidigung, um sein eigenes Leben zu retten", mischte Loens sich ein.

"Richtig, sozusagen aus Notwehr", setzte Klopstock seine Rede fort. "Also wenn es da um Ausrottung einer Rasse geht, sage ich nein, dafür sind wir nicht zuständig. Was man da von uns denkt oder verlangt, muß ich in Abrede stellen, für diese Machenschaften gibt es keinen Konsens. Tut mir leid. Anderer Meinung, Loens? Klopstock?"

Beide schüttelten den Kopf. Scholle saß da, als hätte er Schläge bekommen. Es war unheimlich ruhig, er tat mir leid und trotzdem schaltete ich mich ein.

"Die Jungens haben recht, Scholle, man kann nicht einfach drauf los töten, schon nach dem ersten Fall wird man den vermeintlichen Töter abschießen. Ist doch so, recht haben ist Glück, und Glück ist Zufall. Ich finde Selbstverteidigung gut und dabei wollen wir es doch lieber belassen."

Eine allgemeine Diskussion entstand, es wurde hin und her erwogen, und Scholle saß auf seinem Platz wie gelähmt. Er hatte einen Fehler gemacht, das konnte in seinem Alter schon mal passieren, ich wußte, er verzieh es sich nicht. Ich wußte auch, daß er seinen Posten demnächst mir übertragen würde.

Die Versammlung wurde aufgehoben und schwer diskutierend liefen sie den Affenberg hinunter.

Mir ging die letzte Versammlung noch lange nicht aus dem Kopf. Scholle machte Fehler, große Fehler. Einschreiten war nicht, nach meiner Meinung hatte er den sogenannten Altersstarrsinn.

–––––––

Es war wieder einmal ein heißer Tag, ich lag auf der Terrasse, die Fliesen kühlten wunderbar. Pussel suchte seit Tagen meine Nähe. Sie hatte sich zwischen meinen ausgestreckten Beinen niedergelassen. Herrchen und Frauchen saßen in ihren Korbstühlen und wälzten Zeitungen. Das gehörte zum Tagesablauf und war eine Lieblingsbeschäftigung von ihnen. Ich döste so vor mich hin, Brummer zogen ihre Bahn, hier und da begeisterte sich eine Mücke für Herrchen oder Frauchen. Die schlugen unentwegt danach und gaben ihnen so manchen Fluch mit auf den Weg. Meine Gedanken waren wieder einmal bei der letzten Versammlung und den Kollegen auf dem Affenberg.

Urplötzlich wurde ich aus meinen Gedanken gerissen, Herrchen haute mit der Faust auf den Tisch, eine Tasse flog hoch und zerschmetterte auf den Fliesen, er achtete nicht darauf.

Pussel und ich waren vor Schreck aufgesprungen.

"Es darf nicht wahr sein", schrie er.

"Liebling, sie wollen die Hunde keulen. Da, lies es." Er reichte Tina die Zeitung.

Ich ging nach dem ersten Schock zu meinem Herrchen und wedelte freundlich mit dem Schwanz.

Ich wußte es, ich wußte es ganz genau, er würde es nicht zu-lassen, er würde einen Weg finden. Ich selbst würde mein klei-nes Hundeleben für ihn hergeben. Ich würde alles für ihn tun.

— — — — — —